Level up with the Gods

B. Ain

Ohyeon

3

KBOOKS

Level up with the Gods

SOMMAIRE

CHAPITRE 25

C'EST LA PREMIÈRE FOIS QU'ON SE RENCONTRE. ENCHANTÉ.
MEMBRE DE L'OLYMPE
AGAMEMNON
JE VIENS DE L'OLYMPE. ON PEUT DISCUTER ?
HMPF
HARGAN EST LE FILS DE ZEUS...
NE DEVRAIS-TU PAS AU MOINS LE SALUER ?
CLANG
MON OBJECTIF M'EN EMPÊCHAIT. JE SUIS ICI POUR TE PARLER.

APPAREMMENT, TU AS PRIS LA TÊTE DU CLASSEMENT LORS DU TUTORIEL...
TAC
ET HARGAN EST ARRIVÉ JUSTE DERRIÈRE.
L'ÉCART ENTRE VOUS SERAIT ÉNORME !
TOUT LE MONDE DIT QU'UN MONSTRE A FAIT SON ENTRÉE DANS LA TOUR.
MERCI POUR LE COMPLIMENT.
HARGAN A DIT QUE TU ÉTAIS EN QUELQUE SORTE UN AMI.
MAIS ON EST AMI AVEC QUELQU'UN OU ON NE L'EST PAS. ÇA N'A AUCUN SENS, NON ?
UN PEU, OUI.
IL VEUT QU'ON SOIT AMIS ? EN TOUT CAS, ON DIRAIT QUE J'AI GAGNÉ SA SYMPATHIE.
C'EST PLUTÔT BIEN.
IL SEMBLE QUE TU N'AIES PAS ENCORE REJOINT L'ÉQUIPE D'HARGAN. TU AS BIEN FAIT.
LES LIENS QUE L'ON CRÉE PENDANT LE TUTORIEL NE DURENT JAMAIS.
RARES SONT LES JOUEURS QUI OSENT GRAVIR LA TOUR, ET ENCORE PLUS RARES SONT CEUX QUI PARVIENNENT À SE HISSER AU RANG DE RANKER.

MAIS TOI, TU N'ES PAS COMME LES AUTRES. TU AS LE POTENTIEL DE DÉPASSER ÇA, POUR DEVENIR UN TOP RANKER...
ET REJOINDRE LES ÊTRES LES PLUS PUISSANTS DE CETTE TOUR.
ALORS, NE SERAIT-IL PAS PLUS MALIN DE LA GRAVIR EN COMPAGNIE D'INDIVIDUS DE TON CALIBRE ?
TAC
VIENS TE BATTRE AUX CÔTÉS D'ARÈS, L'UN DES DIEUX DE L'OLYMPE.
NOUS TE FOURNIRONS TOUT CE DONT TU AURAS BESOIN.
ARÈS EST DIFFÉRENT DE CE BÂTARD D'HARGAN QUI EST NÉ DE MÈRE INCONNUE.
IL EST LE DIGNE FILS DE LA DÉESSE HÉRA ET DE ZEUS. DE PLUS, IL EST DÉJÀ TOP RANKER.

UNIS-TOI AU SEIGNEUR ARÈS. IL VAUT MIEUX COMBATTRE AVEC DES BRAVES QUE DE PACTISER AVEC UN SANG IMPUR.
TAC
J'EN AI ASSEZ ENTENDU.
GLOU
GLOU
...
L'OLYMPE...
C'EST LA GRANDE GUILDE LA PLUS ACTIVE DANS LE RECRUTEMENT DE NOUVEAUX JOUEURS.
CEPENDANT...
TAC
MERCI POUR LE THÉ. JE VAIS Y ALLER MAINTENANT.
QUOI ?
TU REJETTES LA PROPOSITION DE L'OLYMPE ?
CLANG
OUI, JE N'AI AUCUNE INTENTION DE ME JOINDRE À UNE QUELCONQUE GUILDE.
J'AI MÊME DÉCLINÉ L'OFFRE D'HARGAN, LE FILS DE ZEUS.

QUI ES-TU POUR PARLER DE DIGNITÉ ET QUALIFIER LES AUTRES DE "SANS ORIGINES", DE "BÂTARDS"...
ET MÊME DE "SANG IMPUR" ?
QU'EST-CE QUE TU VIENS DE DIRE ?
TU N'ES PAS ARÈS ET TU N'ES PAS NON PLUS UN FILS DE ZEUS ET HÉRA QUE JE SACHE !
L'OLYMPE EST...
JE LE REDIS HAUT ET FORT.
JE REFUSE DE M'ASSOCIER À DES INDIVIDUS D'UNE MÉDIOCRITÉ TELLE QUE LA VÔTRE.

VOUS ALLEZ BIEN ?
SEIGNEUR AGAMEMNON ?
WOOOUSH
COMBIEN DE LOUPS POUVONS-NOUS MOBILISER TOUT DE SUITE ?
LES LOUPS ? VOUS ENVISAGEZ DE L'ASSASSINER ?
TILT
AH, EN CE MOMENT, ILS SONT EN PLEINE RÉCOLTE...
J'AI BIEN PEUR QU'ON NE PUISSE PAS EN RASSEMBLER ASSEZ AVANT PLUSIEURS JOURS.
BON SANG ! ON N'A PAS BESOIN D'EN AVOIR MILLE POUR BUTER UN NOUVEAU JOUEUR !

CALMEZ-VOUS. N'OUBLIEZ PAS QUE CET HOMME A BATTU HARGAN ET EXPLOSÉ LE RECORD DU TUTORIEL.
JE DOUTE QU'UN PETIT GROUPE PUISSE LE VAINCRE.
RAH...
ALORS, PRÉPARE UNE CENTAINE D'HOMMES.
DÈS QUE LA RÉCOLTE SERA TERMINÉE...
NOUS NOUS DÉBARRASSERONS DE CE KIM YUWON.
DEUX JOURS PLUS TARD
ALORS, COMMENT COMPTES TU TE DÉBARRASSER DE CES LOUPS ?
JE DOIS D'ABORD RENCONTRER QUELQU'UN. TROUVER OÙ IL HABITE N'A PAS ÉTÉ DE TOUT REPOS.

C'EST QUI ?
TAP
TAP
TAP
TAP
SUIS-MOI, ET TU VERRAS.
...
IL SE SERT ENCORE DE CES YEUX...
J'Y CROIS PAS... TU ES UN DESCENDANT DE CE SINGE ?!
CHAYLD PARLAIT CLAIREMENT DE SON OGONG.

SON OGONG, LE GRAND SAINT ÉGAL DU CIEL ET REBELLE DES CIEUX.
IL EST DEVENU UN TOP RANKER MOINS DE CENT ANS APRÈS SON ENTRÉE DANS LA TOUR...
ET EST CONSIDÉRÉ COMME LE COMBATTANT LE PLUS TALENTUEUX DE TOUS LES TEMPS.
MAIS... YUWON MAÎTRISE LA CHALEUR À LA MANIÈRE DE SON OGONG, MAIS AUSSI COMME APOLLON.
QUI EST-IL VRAIMENT ?
TAP
TAP
EST-CE QU'IL S'EST ALLIÉ À UN AUTRE GROUPE ? C'EST POUR ÇA QU'IL N'A PAS REJOINT L'OLYMPE ?
AH, C'EST VRAI QU'IL POSSÈDE AUSSI LA COMPÉTENCE DE GÉANTIFICATION.

HERCULE EST LE SEUL À AVOIR OBTENU CETTE COMPÉTENCE APRÈS AVOIR ABATTU 10 000 GÉANTS SUR L'OLYMPE...
MAIS TOUS LES GÉANTS LA POSSÈDENT AUSSI.
SE POURRAIT-IL QUE YUWON APPARTIENNENT À CETTE RACE ?
C'EST POUR ÇA QU'IL NE VEUT PAS INTÉGRER L'OLYMPE ?
HARGAN.
TILT

JE COMPTE SUR TOI POUR JOUER LA COMÉDIE.
COMMENT ÇA ?
BONSOIR.
CRIII
...
AH, JE SUIS DÉSOLÉ, MAIS NOUS SOMMES FERMÉS.
SI VOUS AVEZ BESOIN DE QUELQUE CHOSE, LAISSEZ-MOI VOTRE NOM ET VOTRE NUMÉRO DE KIT DE JOUEUR.
JE VOUS CONTACTERAI DEMAIN.
BRR
MU WOONCHEON.
JE SUIS À LA RECHERCHE DE MU WOONCHEON.
...

TAP
MERDE !
GRIP
FWISH
OÙ VAS-TU COMME ÇA ?
BAM

SHLAC
FWIP
RESTE...
VLAAN
TRANQUILLE.
MERDE !!
D'OÙ LUI VIENT UNE
TELLE FORCE ?!
KOF
SON NOM D'EMPRUNT
EST CHEON NAMWOON,
MAIS SON VRAI NOM EST
MU WOONCHEON.
C'EST
UN JOUEUR DU MONDE
DES ARTS MARTIAUX QUI
A RENONCÉ À GRAVIR
LA TOUR.

C'EST LUI, LE ROI DES LOUPS.
QU'EST-CE QUI VOUS PREND ? VOUS VOUS TROMPEZ DE PERSONNE !
WIP
WIP
GNAP
MAIS BIEN SÛR. POURQUOI TU FUIS SI C'EST PAS TOI ?
PARCE QUE VOS YEUX M'ONT FOUTU LA TROUILLE... ARGH !
T'ES SÛR QUE C'EST LE BON GARS ?
C'EST PAS PARCE QU'IL A PRIS SES JAMBES À SON COUP QU'IL EST LE ROI.
IL A L'AIR FAIBLE EN PLUS.
FSHT
SNIF, SNIF...

FWIT
TU TROUVES QUE ÇA A L'AIR D'UN COUTEAU ORDINAIRE ?
REGARDE L'ENDROIT OÙ IL ÉTAIT TOMBÉ.
LE SOL A FONDU. C'EST DU POISON ?
TSHHH
OUI, C'EST UN POISON MORTEL EXTRÊMEMENT PUISSANT, PROVENANT DES ÉTAGES SUPÉRIEURS.
IL EST INTERDIT DE L'UTILISER CONTRE DES JOUEURS.
SON PORT EST SOUMIS À UNE AUTORISATION DU BUREAU DE CONTRÔLE DES JOUEURS ET IL EST DIFFICILE DÈS LE DÉPART DE SE LE PROCURER.
POURQUOI UN PROPRIÉTAIRE DE BOUTIQUE DE BRIC-À-BRAC L'AURAIT-IL SUR LUI ?
ET POURQUOI LE CACHERAIT-IL DANS SA MANCHE ?
...
FSHHHHH

QUI EST TA SOURCE ?
COMMENT AS-TU DÉCOUVERT MA VÉRITABLE IDENTITÉ...? ET SURTOUT, QUI T'A DIT MON VRAI NOM ?
TU N'AS PAS PEUR... MÊME EN SACHANT QUI EST DERRIÈRE MOI ?!
?!
PFF
SON VISAGE ET SA VOIX ONT CHANGÉ !
À TON AVIS ?
TES CHEVEUX ET TES YEUX... TU NE SERAIS PAS...?
!
TAC
JE COMPTE SUR TOI POUR JOUER LA COMÉDIE.
ALORS, C'ÉTAIT ÇA !

!!
DZZZT
C'EST DONC VRAI... L'OLYMPE NOUS A TRAHIS ?
QUOI ?
VSH
QU'EST-CE QUE...?
TU PARLES DE TRAHISON ? LE MOT EST UN PEU FORT. ON A JUSTE UN SERVICE À TE DEMANDE.
TU AGIS SOUS LES ORDRES D'AGAMEMNON, N'EST-CE PAS ?
OUI, ET ALORS ?
ZEUS S'INTÉRESSE DE PRÈS À CE QUI SE PASSE AU PREMIER ÉTAGE CES DERNIERS TEMPS.
COMME PAR HASARD, SON FILS A PARTICIPÉ AU DERNIER TUTORIEL.

GRR
JUSQU'À QUAND VAS-TU RESTER AU PREMIER ÉTAGE À JOUER LES TOUTOUS D'AGAMEMNON ?
IL NE SERT MÊME PAS UN DES TROIS GRANDS DIEUX DE L'OLYMPE, JUSTE UN DÉBUTANT QUI VIENT À PEINE DE DEVENIR TOP RANKER !
SI TU MÈNES À BIEN LA MISSION QU'ON VA TE CONFIER, ZEUS LUI-MÊME AIDERA LES LOUPS.
C'EST QUOI CETTE HISTOIRE ?
QUI SAIT ? SI TU TE DÉBROUILLES BIEN, TU POURRAIS ÊTRE INTÉGRÉ AU SEIN DE L'OLYMPE ET TE VOIR CONFIER DES RESPONSABILITÉS IMPORTANTES.
HÉ HÉ
QU'EST-CE QUE JE PEUX FAIRE POUR VOUS ?
EN QUOI PUIS-JE VOUS AIDER ?

CHAPITRE 26

COMBIEN ÊTES-VOUS EN TOUT ?
ENVIRON... UN MILLIER.
FRSH
RASSEMBLE-LES TOUS À CET ENDROIT D'ICI DEMAIN, MINUIT.
SHK
SHK
NE DIS RIEN AUX HOMMES D'AGAMEMNON ET D'ARÈS.
C'EST DANS TON INTÉRÊT... ON PEUT TE FAIRE CONFIANCE, N'EST-CE PAS ?
TAC
ALLONS-Y.
TAP
TAP
TAP
...

TU N'AS AUCUN SCRUPULE À UTILISER LE NOM DU PÈRE DES AUTRES.

EXPLIQUE-MOI TOUT, DE A À Z.

GRR
COMME TU L'AS ENTENDU, L'OLYMPE ET LES LOUPS SE SONT ALLIÉS.
TU VEUX ME FAIRE AVALER ÇA ?

C'EST IMPOSSIBLE !
CE SCÉLÉRAT SOUILLE L'HONNEUR DE L'OLYMPE. L'OLYMPE N'EST PAS...
HARGAN.

JE NE SAIS PAS QUELLE IMAGE TU AS DE L'OLYMPE...
MAIS IL EST TEMPS D'OUVRIR LES YEUX.
FWIP
TU DOIS VOIR SON VRAI VISAGE.
TAP
TAP
PAS QUESTION. QUAND JE PENSE À TOUT LE BOULOT QUE J'AI À CAUSE DE CES MAUDITS OLYMPIENS, J'AI LA RAGE.
J'AI PRESQUE ENVIE D'ALLER ARRACHER LA BARBE DE ZEUS !
C'EST DONC VRAI... ILS NOUT ONT TRAHI ?
SI TU VEUX CONNAÎTRE LE VRAI VISAGE DE L'OLYMPE, DÉCOUVRE-LE PAR TOI-MÊME, PETIT À PETIT.
MES PAROLES NE SUFFIRONT PAS À TE FAIRE COMPRENDRE.
LE VRAI VISAGE DE L'OLYMPE...

LE LENDEMAIN
SI TU ÉTAIS ARRIVÉ UNE MINUTE PLUS TARD, JE SERAIS PARTI SANS TOI.
TU AS BIEN RÉFLÉCHI ?
JE SUIS NÉ...
ET J'AI GRANDI SUR L'OLYMPE.

C'ÉTAIT MA MAISON ET MA FAMILLE.
ET MON PÈRE, MON HÉROS.
JE N'AI PAS BEAUCOUP DE SOUVENIRS DE MA MÈRE, ET JE N'ARRIVE MÊME PAS À ME RAPPELER À QUOI ELLE RESSEMBLAIT.
MAIS UNE PHRASE QU'ELLE M'A DITE M'EST RESTÉE EN MÉMOIRE.
SOIS DIGNE DE TON HÉRITAGE OLYMPIEN, MON FILS.

L'OLYMPE... REPRÉSENTE MA FIERTÉ.
JE ME SUIS DEMANDÉ SI JE FAISAIS LE BON CHOIX...
SI JE N'ÉTAIS PAS EN TRAIN DE TRAHIR L'OLYMPE.
ALORS, QUELLE EST TA DÉCISION ?
QUE TU AIES RAISON OU NON, LES LOUPS DOIVENT ÊTRE ÉLIMINÉS.
CE SONT DES PARASITES QUI INFESTENT LE PREMIER ÉTAGE.
ET SI C'EST UN GROUPUSCULE CRÉÉ PAR L'OLYMPE...
JE LE DÉTRUIRAI DE MES PROPRES MAINS.

TAP
TAP
JE NE M'ATTENDAIS PAS À TROUVER UN ENDROIT PAREIL ICI. C'EST IMMENSE !
BEURK
MAIS C'EST HUMIDE, POISSEUX ET LE SOL EST GLUANT, C'EST DÉGUEU !
C'EST FOU, JE SAVAIS PAS QU'ON ÉTAIT AUSSI NOMBREUX ! ON DOIT ÊTRE AU MOINS MILLE.
SPLASH
ON ÉTAIT DISPERSÉS UN PEU PARTOUT, C'EST POUR ÇA. C'EST LA PREMIÈRE FOIS QU'ON EST TOUS RÉUNIS.
IL PARAÎT QUE L'ÉQUIPE LÀ-BAS A OBTENU LA "VIPÈRE DE PROCK" CETTE FOIS.
TAP
TAP
TADAP
QUOI ? CE TRUC VAUT AU MOINS 10 000 POINTS !
BON SANG... ON A VRAIMENT ÉTÉ NULS.

DOUM

TADAM
TOUT LE MONDE EST LÀ ?
MU WOONCHEON
ROI DES LOUPS

!
VSH

RELEVEZ LA TÊTE !
BROUHAHA
WOW... CHEF ! C'EST LUI, MU WOONCHEON ?
ON NE L'AVAIT JAMAIS VU AVANT. POURQUOI IL SE MONTRE MAINTENANT ?
BROUHAHA
BROUHAHA
APPAREMMENT, IL Y A UN GROS BONNET DERRIÈRE LUI...
CLANG
C'EST GRÂCE À LUI QU'ON A PU BOSSER SANS SE FAIRE CHOPER PAR LE BUREAU DE CONTRÔLE...
CELUI QUI OUVRE LA BOUCHE À PARTIR DE MAINTENANT...
WOUUSH
SE FERA TRANCHER LA TÊTE.
SILENCE !
TSING
TSING
ÉCOUTEZ BIEN, NOUS AVONS UNE MISSION À ACCOMPLIR.
C'EST UNE TÂCHE DIFFICILE, QUI REQUIERT NOTRE MOBILISATION TOTALE.

MAIS JE PEUX VOUS AFFIRMER UNE CHOSE !
GNAP
DÈS AUJOURD'HUI, NOUS, LES LOUPS, NOUS NOUS ÉLÈVERONS...
VERS DE NOUVEAUX SOMMETS !
HOU...
HOURRA !!
LAISSEZ-MOI VOUS PRÉSENTER...
FRSH
TADAM
NOS MÉCÈNES.

VOUS AVEZ FAIT UN LONG VOYAGE, MERCI D'ÊTRE VENU.
VEUILLEZ ACCEPTER CE MODESTE PRÉSENT.
CE SONT DES BILLETS D'ASGARD.
BILLETS D'ASGARD
MONNAIE CRÉÉE SPÉCIALEMENT PAR LA PUISSANTE GUILDE D'ASGARD.
ELLE PEUT ÊTRE ACHETÉE AVEC DES POINTS ET UTILISÉE COMME DE LA VRAIE MONNAIE.
CHAQUE BILLET A UNE VALEUR DE 1 000 POINTS. NOUS VOUS OFFRONS TOUS CEUX RÉCUPÉRÉS LORS DE LA DERNIÈRE RÉCOLTE.
...
LA MONNAIE D'ASGARD... EST UNE VALEUR SÛRE.
VOUS N'AVEZ RIEN OUBLIÉ, J'ESPÈRE ?
NON, TOUT EST LÀ.

ÇA DOIT VALOIR PLUSIEURS CENTAINES DE MILLIERS DE POINTS. IL A VRAIMENT DÉCIDÉ DE S'ALLIER À MOI, ALORS ?
HMPF
AGAMEMNON DOIT ATTENDRE CET ARGENT AVEC IMPATIENCE.
ON L'ACCEPTE AVEC PLAISIR.
FWAAA
TOUT LE PLAISIR EST POUR MOI.
TRÈS BIEN, À PRÉSENT...
SI VOUS VOULEZ QU'ON FASSE QUOI QUE CE SOIT POUR...
FFT
C'EST LE MOMENT DE NOUS DIRE ADIEU.
CLAP

FROUUUSH
COMPÉTENCE : FEU DE GÉANT
?!
AAARGH !! QU'EST-CE QUI SE PASSE ?!
AU FEU !!
AAAARGH !!
COMMENT LES FLAMMES PEUVENT-ELLES SE PROPAGER AUSSI VITE ?
ET SI CE N'ÉTAIT PAS DE L'EAU, MAIS DE L'ESSENCE PAR TERRE ?
MAIS JE N'AI RIEN SENTI !
TAP
TAP
AAAH, ÇA BRÛLE ! POUSSEZ-VOUS !
TADAP
ÉVACUEZ !

FZZZ
DE LA POUDRE INODORE ?
AAARGH !!
BORDEL DE MERDE !
QU'EST-CE QUE VOUS FOUTEZ ?!
PAAF
TU VOIS PAS QU'ON NETTOIE LES DÉCHETS ?
ESPÈCES DE SALOPARDS ! VOUS N'ÊTES PAS DE L'OLYMPE...
SI, JE SUIS DE L'OLYMPE.
SPAF
KOF...!

ALORS POURQUOI VOUS NOUS ATTAQUEZ ?!
VOUS ÊTES LA HONTE DE L'OLYMPE ! JE DOIS VOUS EXTER-MINER MOI-MÊME.
ARGH !!
SHLAC
SHLAC
SLASH
MERDE, JE VAIS TE BUTER !!
ATTRAPEZ-LES ! ILS NE SONT QUE DEUX... AAARGH !!
ARGH !
SHLAC
TCHAC
MALHEUR, ON EST FOUTUS !!
CES BÂTARDS VEULENT NOUS ANÉANTIR !!

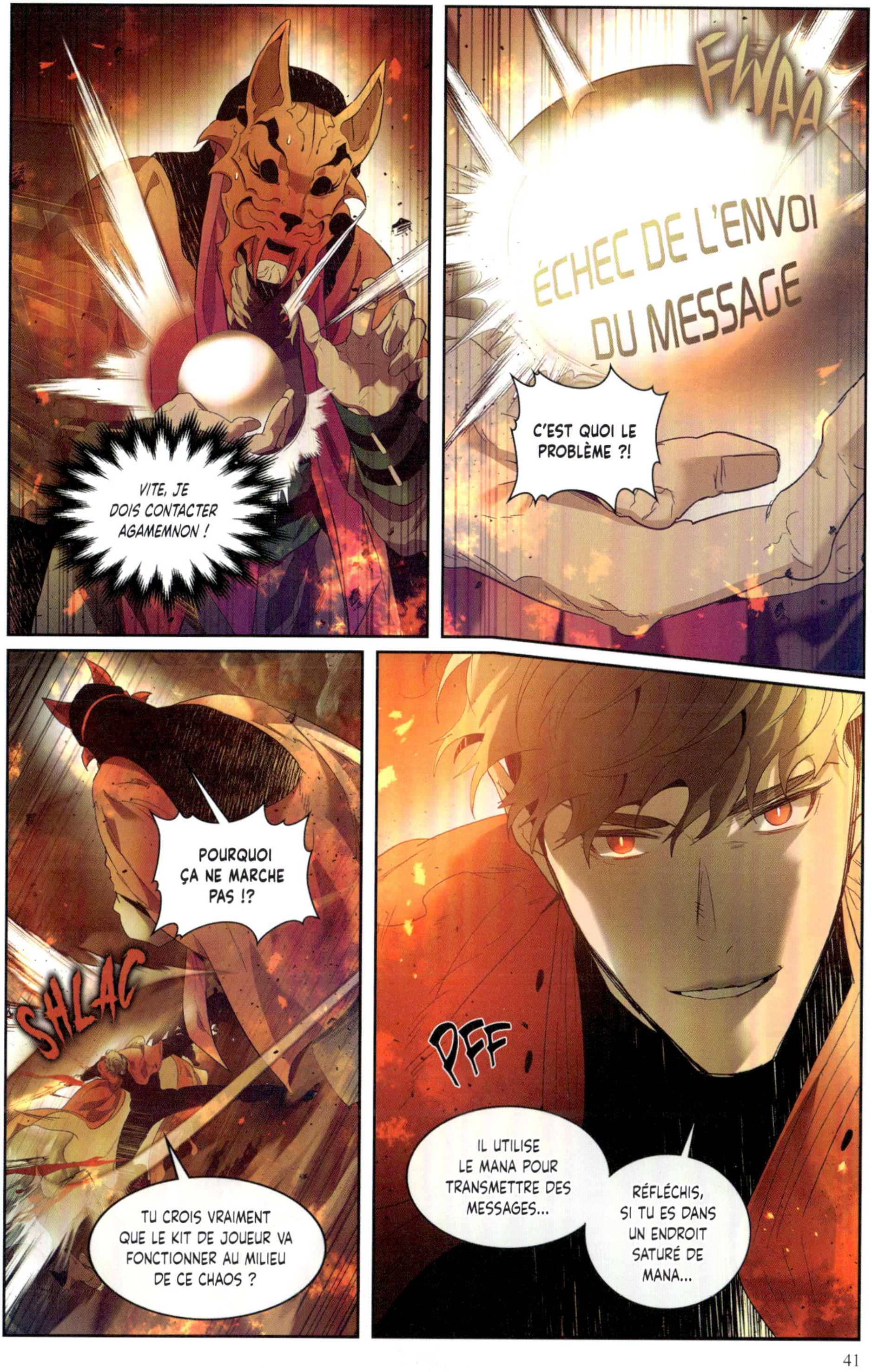
VITE, JE DOIS CONTACTER AGAMEMNON !
FWAA
ÉCHEC DE L'ENVOI DU MESSAGE
C'EST QUOI LE PROBLÈME ?!
POURQUOI ÇA NE MARCHE PAS !?
SHLAC
TU CROIS VRAIMENT QUE LE KIT DE JOUEUR VA FONCTIONNER AU MILIEU DE CE CHAOS ?
PFF
IL UTILISE LE MANA POUR TRANSMETTRE DES MESSAGES...
RÉFLÉCHIS, SI TU ES DANS UN ENDROIT SATURÉ DE MANA...

FROUUUSH
IL DEVIENT INUTILISABLE.
FRSHHH
FWAASH
SAAAAAALE...
CRAC

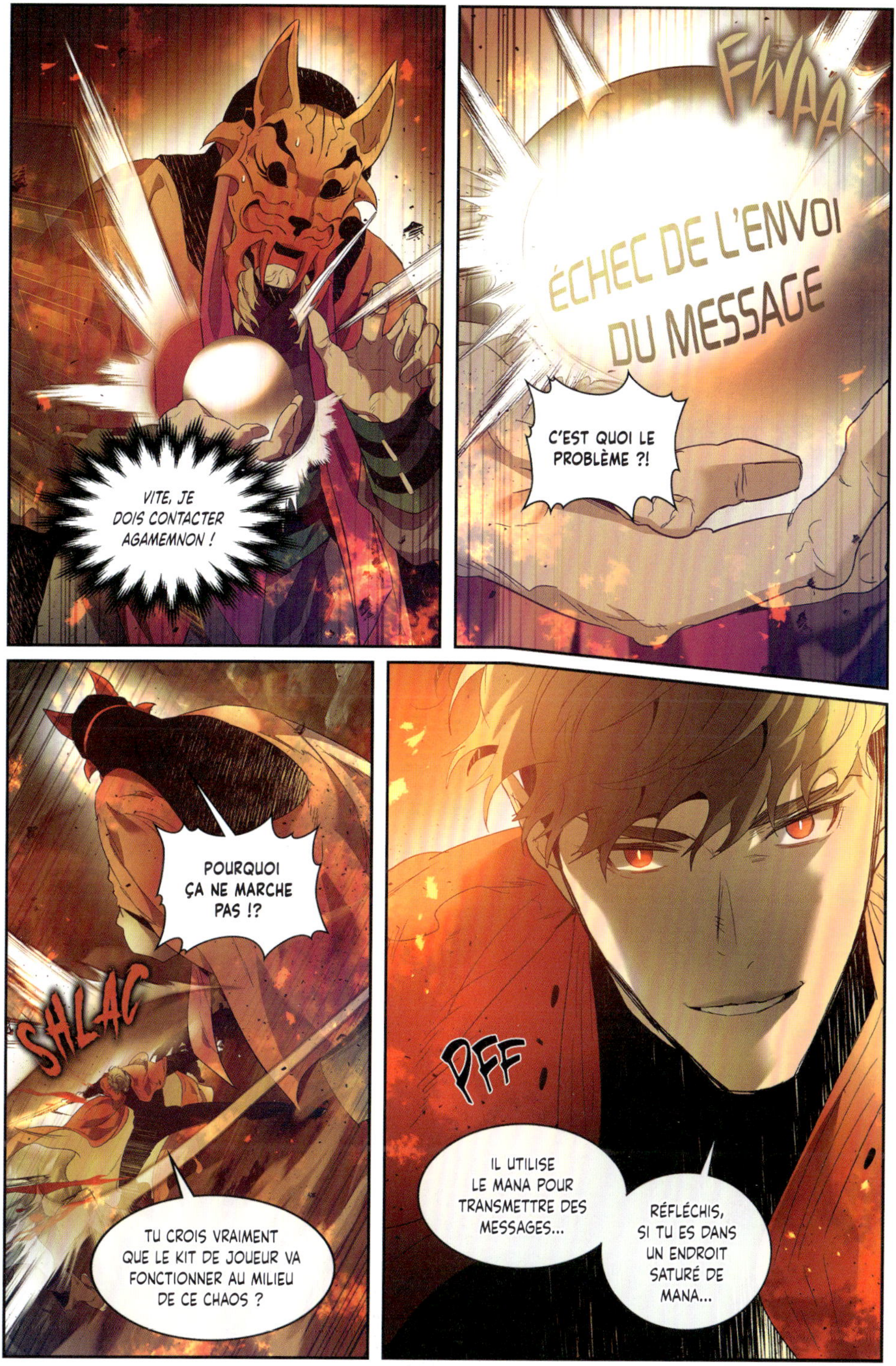
VITE, JE DOIS CONTACTER AGAMEMNON !
FWAA
ÉCHEC DE L'ENVOI DU MESSAGE
C'EST QUOI LE PROBLÈME ?!
POURQUOI ÇA NE MARCHE PAS !?
SHLAC
TU CROIS VRAIMENT QUE LE KIT DE JOUEUR VA FONCTIONNER AU MILIEU DE CE CHAOS ?
PFF
IL UTILISE LE MANA POUR TRANSMETTRE DES MESSAGES...
RÉFLÉCHIS, SI TU ES DANS UN ENDROIT SATURÉ DE MANA...

FROUUUSH
IL DEVIENT INUTILISABLE.
FRRSHHH
FWAASH
SAAAAAALE...
CRAC

ENFOIRÉS DE MERDE !!
SWOUSH
CRÈVE !!
WOUSH

BABAM
?!
AGH... JE NE PEUX PLUS BOUGER...

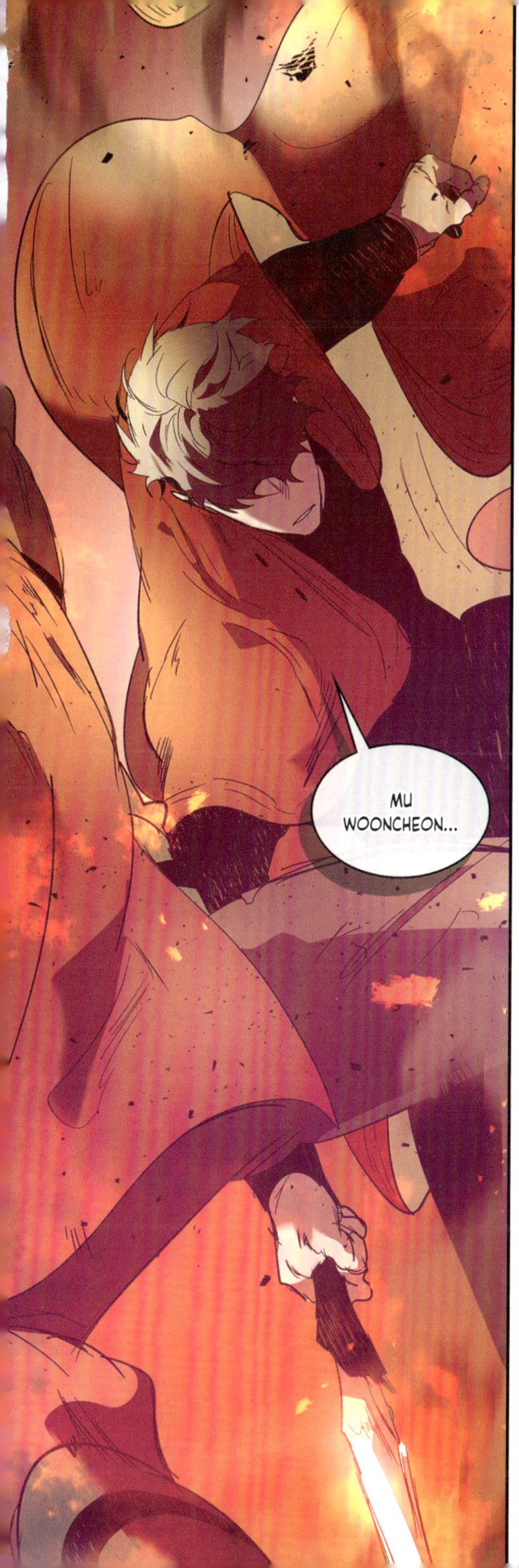
MU WOONCHEON...

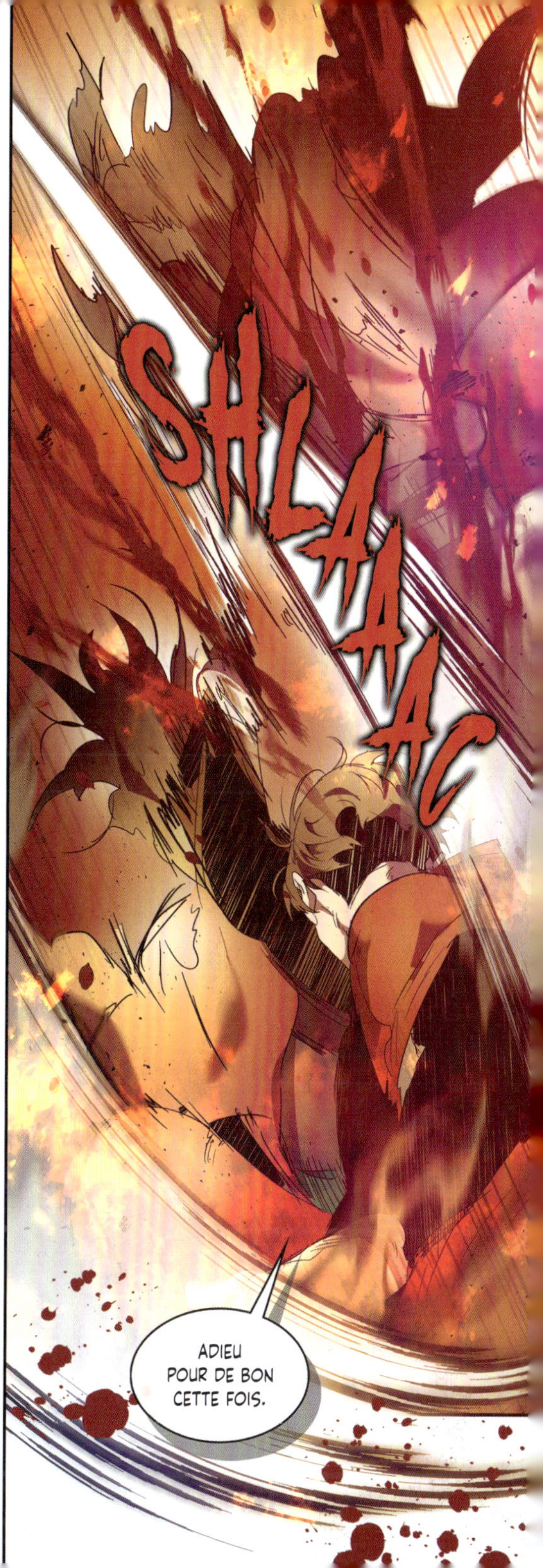
SHLAAAAC
ADIEU POUR DE BON CETTE FOIS.

CHAPITRE 27

ÇA VA ?
PFIOU...
TU VAS BIEN, TOI ? ON VIENT QUAND MÊME DE MASSACRER DES MILLIERS DE GENS.
IL NE SOUPIRAIT PAS DE FATIGUE... MAIS DE CULPABILITÉ ?
TOUT VA BIEN POUR MOI.
...
IL N'A JAMAIS VÉCU LA GUERRE. IL N'EST PAS HABITUÉ À PRENDRE DES VIES.

COMMENT TU PEUX RESTER SI STOÏQUE ?
MEURTRES, ENLÈVEMENT, PILLAGE, ESCLAVAGE... VOILÀ COMMENT CES SALAUDS S'ENRICHISSAIENT.
ÉLIMINER UN SEUL DE CES SCÉLÉRATS SAUVE DIX VIES, SI C'EST PAS DES CENTAINES. ALORS, POURQUOI HÉSITER ?
C'EST VRAI, MAIS...
C'EST SÛR QUE C'EST PLUS FACILE DE FERMER LES YEUX POUR NE PAS AVOIR MAUVAISE CONSCIENCE, MAIS CE N'EST PAS LA BONNE SOLUTION.
...
GNAP
TU AS LA LANGUE BIEN PENDUE.
ET TU EN AS DANS LE CRÂNE.
JE DOIS LE PRENDRE COMME UN COMPLIMENT ?
OUI, TU PEUX.
PAF PAF
JE L'AVAIS DÉJÀ REMARQUÉ AVANT, MAIS IL A UN MENTAL D'ACIER.
IL SE REMET EN UN RIEN DE TEMPS.
TU ES VRAIMENT QUELQU'UN DE DROIT. ÇA DOIT ÊTRE FATIGANT D'ÊTRE DANS TA TÊTE.
ET TOI, ALORS, TU ES DIFFÉRENT DE CE QUE TU LAISSES PARAÎTRE.

TU RESSEMBLAIS PLUS À UN ROUBLARD QU'À UN SAINT, MAIS T'ES UN MEC BIEN AU FOND.
JE PRENDS ÇA POUR UN COMPLIMENT AUSSI.
C'EN EST UN. PEU DE GENS SONT PRÊTS À SE BATTRE POUR UNE CAUSE, S'ILS N'ONT RIEN À GAGNER EN RETOUR.
MÊME PENDANT LE TUTORIEL...
TU AGISSAIS TOUJOURS POUR LE BIEN DE TOUS. ENCORE PLUS QUE MOI, JE DOIS DIRE.
HMPF
PETIT, ON M'A APPRIS QU'ON APPELAIT ÇA "DES ACTIONS DÉSINTÉRES-SÉES".
TU VAS ME FAIRE ROUGIR...
MAIS TU TE TROMPES SUR UN POINT.
J'AVAIS BIEN QUELQUE CHOSE À GAGNER.
MAIS C'EST...!
TU AS LARGEMENT CONTRIBUÉ AU SUCCÈS DE CETTE OPÉRATION.
TU VEUX TA PART ?

COMMENT TU PEUX RESTER SI STOÏQUE ?
MEURTRES, ENLÈVEMENT, PILLAGE, ESCLAVAGE... VOILÀ COMMENT CES SALAUDS S'ENRICHISSAIENT.
ÉLIMINER UN SEUL DE CES SCÉLÉRATS SAUVE DIX VIES, SI C'EST PAS DES CENTAINES. ALORS, POURQUOI HÉSITER ?
C'EST VRAI, MAIS...
C'EST SÛR QUE C'EST PLUS FACILE DE FERMER LES YEUX POUR NE PAS AVOIR MAUVAISE CONSCIENCE, MAIS CE N'EST PAS LA BONNE SOLUTION.
...
GNAP
TU AS LA LANGUE BIEN PENDUE.
ET TU EN AS DANS LE CRÂNE.
JE DOIS LE PRENDRE COMME UN COMPLIMENT ?
OUI, TU PEUX.
PAF PAF
JE L'AVAIS DÉJÀ REMARQUÉ AVANT, MAIS IL A UN MENTAL D'ACIER.
IL SE REMET EN UN RIEN DE TEMPS.
TU ES VRAIMENT QUELQU'UN DE DROIT. ÇA DOIT ÊTRE FATIGANT D'ÊTRE DANS TA TÊTE.
ET TOI, ALORS, TU ES DIFFÉRENT DE CE QUE TU LAISSES PARAÎTRE.

TU RESSEMBLAIS PLUS À UN ROUBLARD QU'À UN SAINT, MAIS T'ES UN MEC BIEN AU FOND.
JE PRENDS ÇA POUR UN COMPLIMENT AUSSI.
C'EN EST UN. PEU DE GENS SONT PRÊTS À SE BATTRE POUR UNE CAUSE, S'ILS N'ONT RIEN À GAGNER EN RETOUR.
MÊME PENDANT LE TUTORIEL...
632 : 07
TU AGISSAIS TOUJOURS POUR LE BIEN DE TOUS. ENCORE PLUS QUE MOI, JE DOIS DIRE.
HMPF
PETIT, ON M'A APPRIS QU'ON APPELAIT ÇA "DES ACTIONS DÉSINTÉRES-SÉES".
TU VAS ME FAIRE ROUGIR...
GZZZ
MAIS TU TE TROMPES SUR UN POINT.
J'AVAIS BIEN QUELQUE CHOSE À GAGNER.
MAIS C'EST...!
TU AS LARGEMENT CONTRIBUÉ AU SUCCÈS DE CETTE OPÉRATION.
TU VEUX TA PART ?

BABOUM
BABOUM
SI TU PENSES QUE C'EST DE L'ARGENT SALE, TE SENS PAS OBLIGÉ DE LE PRENDRE.
FLAP
FLAP
EUH... BEN...
DONNE-MOI MA PART.
JE SAVAIS QUE TU DIRAIS ÇA.
AH, UNE DERNIÈRE QUESTION. TU AS TERMINÉ DEUXIÈME AU TUTORIEL, N'EST-CE PAS ?
HEIN ? EUH OUI... POURQUOI ?
...
TU AS REÇU QUOI COMME RÉCOMPENSES ?

C'EST QUOI CE BORDEL !
BAM
POURQUOI EST-CE QU'ILS SONT INJOIGNABLES ?!
JE NE SAIS PAS NON PLUS... J'AI ESSAYÉ DE CONTACTER MU WOONCHEON, SANS SUCCÈS.
MERDE ! À MOINS D'ÊTRE FOU...
GRRR
IL N'AURAIT PAS OSÉ VOLER NOTRE ARGENT ET S'ENFUIR.
CLANG
SEIGNEUR AGAMEMNON !
NOUS AVONS RETROUVÉ LES LOUPS !
VOUS DEVRIEZ VENIR VOIR ÇA !!

WOUUSH
QU'EST-CE QUE C'EST QUE ÇA ?
WOUUSH
EST-CE QUE...?
MU WOONCHEON EST AUSSI...?
OUI, IL DOIT SE TROUVER PARMI LES CADAVRES.
ET L'ARGENT ?! OÙ EST-IL...?
...
AAAAAH !!

384 000 POINTS
CES VERMINES AVAIENT VOLÉ UN SACRÉ MONTANT.
MÊME PARTAGÉE EN DEUX, C'EST UNE SOMME QUE SEULS LES RANKERS PEUVENT ESPÉRER TOUCHER.
AVEC ÇA, JE N'AURAI PLUS DE SOUCI À ME FAIRE POUR L'ARGENT PENDANT UN BON MOMENT.
J'AI QU'UNE ENVIE, C'EST DE ME RUER À LA GUILDE D'ASGARD POUR TOUT TRANSFORMER EN POINTS.
TUC
MAIS SI JE FAIS ÇA, L'OLYMPE VA COMPRENDRE QUE C'EST MOI QUI AI ÉRADIQUÉ LES LOUPS.
CE N'EST PAS BON DE M'ATTIRER DES ENNUIS DÈS LE PREMIER ÉTAGE.
FWAA
MAIS JE PENSE QUE JE POURRAI TROUVER UN BON MATÉRIAU POUR SERVIR DE SOCLE À LA PIERRE DIVINE NOIRE.
JE VAIS POUVOIR LE FABRIQUER PLUS VITE QUE PRÉVU.
CETTE PIERRE EST L'OBJET DE PLUS HAUT RANG QUE JE POSSÈDE ACTUELLEMENT.

À L'HEURE QU'IL EST, ELLE DOIT ÊTRE EN TRAIN DE RÉVÉLER SON VÉRITABLE POUVOIR, ENTRE LES MAINS DU MEILLEUR FORGERON DE LA TOUR.
POF
CE QUI M'AGACE, C'EST...
FWAAA
ŒUF DE... ?
DZZZ
C'EST UN ŒUF DE ?
IMPOSSIBLE DE SAVOIR À QUI IL APPARTIENT NI CE QU'IL CONTIENT NI COMMENT LE FAIRE ÉCLORE.
TAUX D'ÉCLOSION : 0,00 %
SA DESCRIPTION EST UN PEU VAGUE.
À QUOI IL SERT, AU JUSTE ?
WIP WIP
ÉTANT DONNÉ QUE LES OBJETS EN COURS DE FABRICATION NE SONT PAS COMPLETS, C'EST NORMAL QUE LEUR DESCRIPTION SOIT FLOUE...
MAIS JE N'AI JAMAIS VU UN OBJET EN FORME D'ŒUF PRÉSENTÉ DE CETTE MANIÈRE.

HARGAN, QUI A TERMINÉ 2E AU CLASSEMENT, A REÇU EN RÉCOMPENSE LA "MAIN DU ROI DE LA FOUDRE", UN OBJET DE HAUT RANG UTILISÉ PAR LES RANKERS.
J'IMAGINE QU'IL DOIT ÊTRE PUISSANT.
IL Y A DE FORTES CHANCES QUE CE SOIT UN OBJET AU MOINS AUSSI BON, VOIRE MEILLEUR, QUE LA PIERRE DIVINE NOIRE.
FRT FRT
RAH...
JE N'EN AI AUCUNE IDÉE...
?!
UN INSTANT, C'EST QUOI CE MOTIF ?
CE N'ÉTAIT CLAIREMENT PAS LÀ QUAND JE L'AI REÇU.

BABAM
JE L'AI DÉJÀ VU...
CHEZ UN DIEU EXTÉRIEUR.
L'ŒUF DE ? VOUS SALUE.
QUI...
ES-TU ?

PFIOU...
J'ARRÊTE PAS DE COGITER CES DERNIERS JOURS.
EST-CE QUE LA CRÉATURE QUI SORTIRA DE CET ŒUF SERA UN ALLIÉ ?
OU UN FLÉAU QUI DÉTRUIRA À NOUVEAU LE MONDE ?
LA PLUPART DES CRÉATURES QUI NAISSENT D'UN ŒUF RECONNAISSENT COMME PARENT LA PERSONNE AVEC LAQUELLE ILS ONT ÉTÉ EN CONTACT LE PLUS LONGTEMPS ET QU'ILS VOIENT EN PREMIER EN OUVRANT LES YEUX.
C'EST POURQUOI CERTAINS RANKERS EMMÈNENT AVEC EUX DANS LEURS AVENTURES DES CRÉATURES DIVINES QU'ILS ONT FAIT ÉCLORE ET QU'ILS ONT DUREMENT ACQUISE.
JE POURRAIS AUSSI ÉLEVER LA CRÉATURE DE CET ŒUF... SI C'EST POSSIBLE...

C'EST UN PARI RISQUÉ. JE NE SAIS PAS CE QU'IL Y A DEDANS.
PAS LA PEINE DE M'INQUIÉTER.
FSHT
RUMINER DAVANTAGE NE CHANGERA RIEN.
JE DOIS ME CONCENTRER SUR CE QUI EST DEVANT MOI, ICI ET MAINTENANT.
JE SUIS LÀ.
TSHHH
AH, TE VOILÀ ?
FWOUUSH
TUC
CETTE PIERRE EST SOLIDE DE CHEZ SOLIDE !
JE T'AI DEMANDÉ DE VENIR PARCE QUE J'AI UNE QUESTION À TE POSER.

DIS-M'EN PLUS SUR LES ARMES ET ARMURES QUE TU UTILISES.
SI C'EST UNE ÉPÉE, JE VEUX SAVOIR SON TYPE, SA LONGUEUR ET SON ÉPAISSEUR.
CLANG
POUR LES ARMURES, LE TYPE ET LE POIDS...
POUR QUOI FAIRE ?
FSHH
EN AFFINANT LA PIERRE, J'AI RÉCUPÉRÉ DES RÉSIDUS PRÉCIEUX.
J'AIMERAIS CRÉER UN OBJET AVEC.
ÉTANT DONNÉ QU'IL S'AGIT D'UNE PIERRE D'UNE GRANDE PUISSANCE, SA POUDRE A PLUS DE VALEUR QUE DE SIMPLES GEMMES.
EFFECTIVEMENT, IL A RAISON.
LA FAUX D'HADÈS A ÉGALEMENT ÉTÉ FABRIQUÉE À PARTIR DES RÉSIDUS DE LA PIERRE QUI A SERVI À TAILLER LA KUNÉE.
MAIS POUR CE FAIRE, N'AS-TU PAS BESOIN D'UN MATÉRIAU QUI S'ACCORDE AVEC ?

JE N'AI PAS D'ADAMANTIUM, MAIS J'AI QUELQUE CHOSE DE SIMILAIRE.
CLANG
CLOP
COMME IL S'AGIT DE POUDRE OBTENUE DE LA PIERRE APRÈS SON AFFINAGE, LE MITHRIL DEVRAIT FAIRE L'AFFAIRE.
CE MORCEAU PÈSE 1,8 KG. PAS ÉNORME, MAIS SUFFISANT POUR FABRIQUER UN ÉQUIPEMENT EN LE MÉLANGEANT À LA POUDRE.
MITHRIL
BIEN QUE SA DURETÉ ET SA RÉSISTANCE NE SOIENT PAS EXCEPTIONNELLES, IL POSSÈDE UNE EXCELLENTE CONDUCTIVITÉ AVEC LE MANA.
MÉTAL PRÉCIEUX QUI PEUT ACQUÉRIR UNE RÉSISTANCE AU MANA EN FONCTION DE LA MÉTHODE DE FORGE UTILISÉE.
TYPE : MATÉRIAU DE FABRICATION
SI C'EST DU MITHRIL... ÇA VA COÛTER CHER.
EN FAISANT FONDRE 600 G AVEC UN AUTRE MÉTAL, ON PEUT DÉJÀ AVOIR QUELQUE CHOSE DE CORRECT, ALORS AVEC 1,8 KG...
CE MATÉRIAU VAUT AU MOINS 300 000 POINTS.
IL SUFFIRAIT QUE J'ÉCHANGE LES BILLETS DES LOUPS, MAIS POUR L'INSTANT, JE N'AI PAS DE MOYEN DE LE FAIRE.
HUM
DEVRAIS-JE ME CONTENTER DE 600 G ?
...

TU POURRAS ME PAYER PLUS TARD.
PLUS TARD ? ET SI JE PRENDS L'OBJET ET QUE JE M'ENFUIS SANS TE REMBOURSER ?
C'EST MOI QUI AI SOUHAITÉ CRÉER UNE ARME, ET C'EST MOI QUI T'AI FAIT LA PROPOSITION.
MÊME SI TU TE BARRES AVEC SANS ME PAYER, JE T'EN VOUDRAI PAS.
SA VALEUR NE PEUT MÊME PAS SE CALCULER EN POINTS.
SI L'ON Y PENSE BIEN, LA VALEUR DE LA PIERRE QUE TU M'AS CONFIÉE EST PLUSIEURS DIZAINES DE FOIS SUPÉRIEURE À CELLE DE CE MITHRIL.
TU M'AS FAIT CONFIANCE, ALORS IL EST NORMAL QUE JE FASSE DE MÊME.

IL N'A PAS CHANGÉ.
HMPF
DZZZT
KLLLNG
J'AI BESOIN D'UNE ÉPÉE.
UNE ÉPÉE LONGUE COMME CELLE-CI...
PAS TROP LOURDE À PORTER.
FWIT
UNE ÉPÉE...
C'EST CE QUE JE FAIS DE MIEUX.

UNE SEMAINE PLUS TARD
PAVILLON DES GUILDES DE L'OLYMPE
CLANG
JAMAIS JE N'AURAIS PENSÉ QU'UNE TELLE CHANCE SE PRÉSENTERAIT.
L'ANÉANTISSEMENT DES LOUPS N'ÉTAIT QU'UN TEST DE LA TOUR...
POUR M'OFFRIR UNE PLUS GRANDE OPPORTUNITÉ !
SI JE RÉUSSIS CETTE MISSION, NON SEULEMENT JE ME RATTRAPERAI POUR MES ERREURS PASSÉES...
MAIS JE POURRAI ÉGALEMENT ATTIRER L'ATTENTION DE ZEUS SUR MOI.
TAC
SEIGNEUR AGAMEMNON...
NOUS AVONS RASSEMBLÉ TOUS NOS JOUEURS QUI SE TROUVAIENT ENTRE LE 1ER ET LE 10E ÉTAGE.

ILS SONT ENVIRON 200.
QU'EN EST-IL DU RENFORT QUE J'AI DEMANDÉ ?
CLANG
NE VOUS INQUIÉTEZ PAS, NOUS AVONS TENU COMPTE DES RESTRICTIONS DE LA TOUR ET DE L'INTERVENTION DE L'ADMINISTRATEUR ET PRÉVU UN RENFORT EN CONSÉQUENCE.
PARFAIT.
EN ROUTE, GRANDE ARMÉE DE L'OLYMPE.
TAP TAP
BABAM
TAP
DÈS MAINTENANT...
NOUS PARTONS À LA CHASSE AU CRIMINEL.

CHAPITRE 28

BOUUM
ASSASSIN DES CIEUX : NIVEAU D'ACHÈVEMENT AUGMENTÉ DE 0,001 %
C'EST D'UNE LENTEUR DÉSESPÉRANTE.
ASSASSIN DES CIEUX
ÊTRE AYANT LE DESTIN ET LA CAPACITÉ DE TUER LES CIEUX. À L'AVENIR, VOTRE DESTIN ET VOTRE VALEUR DÉPENDRONT DU POIDS DES VIES QUE VOUS PRENDREZ.
RANG : A+
NIVEAU D'ACHÈVEMENT : 10,50 %
AUGMENTATION DES STATISTIQUES EN FONCTION DU NOMBRE ET DU TYPE D'ENNEMIS ÉLIMINÉS.
AUGMENTATION DE TOUTES LES STATISTIQUES DE 3 POINTS
EN ATTENDANT QUE VULCARO TERMINE, J'AI PASSÉ 10 JOURS À CHASSER NON-STOP.
COMME JE M'EN DOUTAIS, AU 1ER ÉTAGE, CETTE COMPÉTENCE N'AUGMENTE PAS BEAUCOUP.

JE N'AI GAGNÉ QU'UN MISÉRABLE NIVEAU EN CHASSANT.
ENFIN BON, C'EST TOUJOURS MIEUX QUE DE RIEN FAIRE.
DILING
...!
NOUVEAU MESSAGE
VULCARO
J'AI TERMINÉ. RAMÈNE-TOI.

QUELLE SPLENDEUR !
C'EST À COUPER LE SOUFFLE ! JE POURRAIS L'ADMIRER SANS FIN.
JAMAIS JE N'AURAIS CRU REVOIR UNE LUEUR AUSSI MAGNIFIQUE.
ÇA ME DONNE ENVIE DE CRÉER UN PRODUIT PARFAITEMENT FINI AVEC, MAIS...
PFF
JE DOUTE QUE J'Y ARRIVE.
BOUM
BOUM

TAP
TAP
...
TAP
BOUM
JE SAVAIS QUE CE JOUR FINIRAIT PAR ARRIVER...
CLOP
CLOP
FLUIP
ILS ÉTAIENT OBLIGÉS DE VENIR AUJOURD'HUI.
MAIS J'AURAIS AIMÉ AVOIR UNE JOURNÉE DE PLUS.

FRSH
DOUM
VOUS ALLEZ DÉRANGER LE VOISINAGE. QU'EST-CE QUE VOUS VENEZ FOUTRE ICI ?
FWIP
NE FEINS PAS L'IGNORANCE.
CRIMINEL, HÉPHAÏSTOS.

JAMAIS JE N'AURAIS CRU QUE TU TE TERRERAIS DANS UN ENDROIT AUSSI MITEUX.
PAS ÉTONNANT QUE JE N'AIE PAS RÉUSSI À TE TROUVER JUSQU'À PRÉSENT.
BROUHAHA
ATTENDEZ, HÉPHAÏSTOS ? LE GRAND FORGERON DE L'OLYMPE ?
JE PENSAIS QU'ON ÉTAIT LÀ POUR UN JOUEUR QUI SÈME LE CHAOS AU 1ER ÉTAGE, MAIS C'ÉTAIT POUR UN RANKER ?
COMMENT EST-CE QU'ON PEUT VAINCRE UN RANKER ? MÊME SI ON EST EN SUPÉRIORITÉ NUMÉRIQUE...
NE PANIQUEZ PAS. LA PUISSANCE DES RANKERS EST CONSIDÉRABLEMENT RESTREINTE AU 1ER ÉTAGE.
GNAP
HA !

BAM
VOUS ALLEZ VOIR SI ELLE EST RESTREINTE.
GRR
ASSEZ PARLÉ, VENEZ.
JE VAIS VOUS FRACASSER LE CRÂNE.
BRR
BRR
BRR
HÉ HÉ HÉ... TU ES DEVENU BOITEUX À CAUSE DE LA PUNITION DE ZEUS...
ET TU N'AS AUCUN DE TES ÉQUIPEMENTS. JE NE SAIS PAS SI ON PEUT ENCORE T'APPELER UN RANKER.
ET POUR TA GOUVERNE...
TAP

FWOUSH
NOUS AVONS AUSSI UN RANKER AVEC NOUS.
CHRYSÈS
AFFILIÉ AU TOP RANKER DE L'OLYMPE APOLLON
CHRYSÈS ?
T'ES DEVENU UN RANKER ? INTERVENIR AU 1ER ÉTAGE ENTRAÎNE UNE PÉNALITÉ IMPORTANTE.
FWAASH
ÇA VAUT POUR TOI AUSSI, DONC ON EST SUR UN PIED D'ÉGALITÉ.

DZZZZT
T'ES PLUS MALIN QUE T'EN AS L'AIR.
VIENS, JE T'ATTENDS.
KLING
BOUM
AAAAH !!
FWASH
RAAAH !
FRAASH
FROOUSH
AAAAAH !!

CLANG
SPANG
ARGH !
GRIP
JE TE RESPECTAIS.

BIEN QUE TU SOIS UN RANKER DEPUIS DES MILLIERS D'ANNÉES, TU AS PRÉFÉRÉ RESTER FIDÈLE À TES CONVICTIONS EN MANIANT LE MARTEAU PLUTÔT QUE DE CHERCHER À OBTENIR UN POUVOIR PLUS GRAND.
TU ME RESPECTAIS JUSTE POUR ÇA ?
FRSHH
TAC
FRSHHH
VSHHH

ARGH...
VLAAN
ARGH !!

FWIP
BAOUM
AAARGH !!
UGH !!
SPLITCH
PAF
TU VIENS D'ATTAQUER DES JOUEURS BIEN EN DESSOUS DE TOI.
LA PÉNALITÉ DOIT ÊTRE LOURDE.
FWIT

J'ÉTAIS SINCÈRE QUAND JE DISAIS TE RESPECTER.
SHLAAC
TA CAPACITÉ À ABANDONNER TON POUVOIR AU NOM DE TES CONVICTIONS...
ET À TOUT LAISSER DERRIÈRE TOI M'A VRAIMENT IMPRESSIONNÉ.
C'EST POUR CETTE RAISON QUE...
FWAASH
JE NE VOULAIS PAS T'AFFRONTER.

ARRÊTE TES CONNERIES.
BOUM

FSHH
FSHH
FWOUUUSH
WOUUUSH
ENFOIRÉ...
CRAC
CE... BOUCLIER...
CRAC
CRAC
CRAAAC
OUI, C'EST TOI QUI L'AS CRÉÉ.
CRAC

*NDT : bouclier invincible de Zeus, au centre duquel la tête de Méduse est gravée.

POUR ÇA, IL VA FALLOIR ME PASSER SUR LE CORPS.
?!
SHLAC
AAAH !! MES... MES JAMBES !
QU'EST-CE QUE DES MALPROPRES COMME VOUS...
VIENNENT FAIRE DANS CET ENDROIT SACRÉ ?

CHAPITRE 29

HEIN, C'EST TOI ?
BRR
BRR
KIM YUWON.
KIM YUWON...? C'EST PAS LE JOUEUR QUI A BATTU LE RECORD DU TUTORIEL ?
TU PARLES DU NOUVEAU DONT ON DISAIT QU'IL FAISAIT DES RAVAGES ?
JE PENSAIS QU'UN RANKER S'ÉTAIT POINTÉ.
HA HA HA HA
...
HÉ ! TU TE CROIS OÙ POUR DÉBARQUER COMME ÇA ?
HA HA HA HA
CE TYPE-LÀ EST LE RANKER, CHRYSÈS.
SE BATTRE ENTRE RANKERS À L'ÉTROIT DANS UN QUARTIER PAUVRE, C'EST DE LA FOLIE.
SI LE COMBAT S'ÉTERNISE ET QUE L'ADMINISTRATEUR DOIT INTERVENIR...
L'OLYMPE PERDRA UNE GRANDE PARTIE DE SON INFLUENCE AU PREMIER ÉTAGE.
HÉ, QU'EST-CE QUE TU FAIS ?
VULCARO EST-IL INDISPENSABLE POUR LA GIGANTOMACHIE ?

TU COMPTES RÉSISTER JUSQU'À CE QUE LA PÉTRIFICATION SE DISSIPE ?
ET SI C'EST LE CAS ?
L'ÉGIDE NE PEUT PÉTRIFIER QU'UNE FOIS PAR JOUR...
EN PLUS, CE N'EST QU'UNE RÉPLIQUE, DONC L'EFFET POURRAIT NE PAS DURER LONGTEMPS.
?!
BRRR
IL A BOUGÉ, NON ?
SI LA PÉTRIFICATION S'ANNULE ET QU'IL SE RÉANIME...

ON N'A PAS UNE SECONDE À PERDRE.
CRAC
QU'EST-CE QUE VOUS ATTENDEZ ? ÉLIMINEZ KIM YUWON ET RAMENEZ-MOI LE CRIMINEL.
PARDON ?
MAIS SI ON TUE UN JOUEUR, ON RECEVRA UNE PÉNALITÉ, NOUS AUSSI...
CLANG
SLASH

SPLITCH
SPLITCH
J'EN AI RIEN À CARRER DE LA PÉNALITÉ.
...?
JE DONNERAI LE POSTE DE RESPONSABLE DU 1ER ÉTAGE À CELUI QUI ABATTRA CE MISÉRABLE...
ET RAMÈNERA LE PRISONNIER.
JE... JE VAIS M'EN CHARGER.
TAP
JE VAIS LE TUER !!
TAP
TAP
LA DAGUE MAGIQUE EST IMPRÉGNÉE DU POUVOIR DU FEU DE GÉANT.
VROUUSH

SHLAC
GAAAARGH !!
!!

LES FLAMMES NOUS ENCERCLENT !!

METTEZ-VOUS À DISTANCE ET ATTAQUEZ !!
LES YEUX DE FEU LISENT LE CHEMIN.

SLASH
SHLAC
SHLAC
TCHAC
LES YEUX DE FEU RÉSISTENT AU MANA DE FEU.
WOOV
ARGH !!
SHLAC

CLANG
FHZZZ
ARGH !!
BAOUM

VOUS ÊTES PATHÉTIQUES.
COMME SI LA SUPÉRIORITÉ NUMÉRIQUE FAISAIT TOUT !
TAP
TAP
TAP
QU'EST-CE QUE VOUS ATTENDEZ ?! FONCEZ SUR LUI !!
JE NE COMPRENDS PAS...
CERTAINS D'ENTRE NOUS ONT QUAND MÊME ATTEINT LE 10E ÉTAGE !
BRR
JE VEUX BIEN QU'IL AIT SURPASSÉ HARGAN ET TERMINÉ 1ER DU TUTORIEL, MAIS...
LES YEUX DE FEU CONTRÔLENT LE FEU DE GÉANT.
ÇA NE PEUT PAS ÊTRE LE NIVEAU D'UN NOUVEAU JOUEUR !

COMPÉTENCE : FEU DE GÉANT
FWAAAASH
AAARGH !!
HAN
VULCARO !
HAN
TU VAS DORMIR ENCORE LONGTEMPS ?!
VROOUSH
BRAOUM

LES YEUX DE FEU RÉSISTENT AUX FRAGMENTS DE SOLEIL.
TSHHH
LA CAPE IGNIFUGE RÉSISTE AUX FRAGMENTS DE SOLEIL.
CHRYSÈS.
QUEL EST TON LIEN AVEC HÉPHAÏSTOS ?
PSHIII
JE SUIS SON CLIENT.
CRIIIC
SON CLIENT ? TU T'IMMISCES DANS CE COMBAT POUR UNE RELATION AUSSI INSIGNIFIANTE ?

GZZZ
LES RANKERS SONT D'UN AUTRE CALIBRE. MÊME AFFAIBLIS PAR UNE PÉNALITÉ, ILS DÉGAGENT UNE AURA INTIMIDANTE.
MON ADVERSAIRE OBÉIT À APOLLON, LE DIEU DU SOLEIL.
SI JE BAISSE MA GARDE NE SERAIT-CE QU'UNE SEULE SECONDE, JE FINIRAI EN CENDRES.
EN TENANT COMPTE DE LA PÉNALITÉ QU'IL RECEVRA ET DES BLESSURES QU'IL A DÉJÀ SUBIES...
JE POURRAI PARER CINQ DE SES ATTAQUES, PAS PLUS.
CRAC
COMPÉTENCE : GÉANTIFICATION
HEUREUSEMENT, SES COMPÉTENCES ME SONT PLUTÔT FAVORABLES.
GRÂCE AUX YEUX DE FEU ET À LA CAPE IGNIFUGE, MA RÉSISTANCE AU FEU EST ÉLEVÉE.
LA VICTOIRE EST À MA PORTÉE. FAUT PAS OUBLIER QUE J'AI DÉJÀ SURVÉCU AUX FLAMMES INFERNALES DE SURTRA !
CRAC
TU POSSÈDES DES COMPÉTENCES RARES QUE MÊME LES RANKERS N'ONT PAS.
CRAAC

MAIS QUE PEUT FAIRE UN JOUEUR FRAÎCHEMENT DÉBARQUÉ DANS LA TOUR ?
BAAM
GÉANTIFICATION S'OPPOSE AUX FRAGMENTS DE SOLEIL.
LES YEUX DE FEU RÉSISTENT AUX FRAGMENTS DE SOLEIL.
TSHHH
LA CAPE IGNIFUGE RÉSISTE AUX FRAGMENTS DE SOLEIL.

BOOUUM
HUFF
HUFF
COMME JE LE PENSAIS, BLOQUER LES ATTAQUES D'UN RANKER UNIQUEMENT AVEC LA FORCE BRUTE EST IMPOSSIBLE.
VOUS NE PARVENEZ PAS À RÉSISTER AUX FRAGMENTS DE SOLEIL.
CONDITION PHYSIQUE ANORMALE : DÉBUT DE BRÛLURES.
SI SEULEMENT J'AVAIS UN CRISTAL DE GLACE, J'AURAIS PU AUGMENTER MA RÉSISTANCE...
?!
FROUUUSH

BON SANG,
IL NE ME LAISSE
AUCUN RÉPIT !
FWISH
COMPÉTENCE :
BOULE DE MANA
BANG
BANG
BANG
...!
FRAAASH

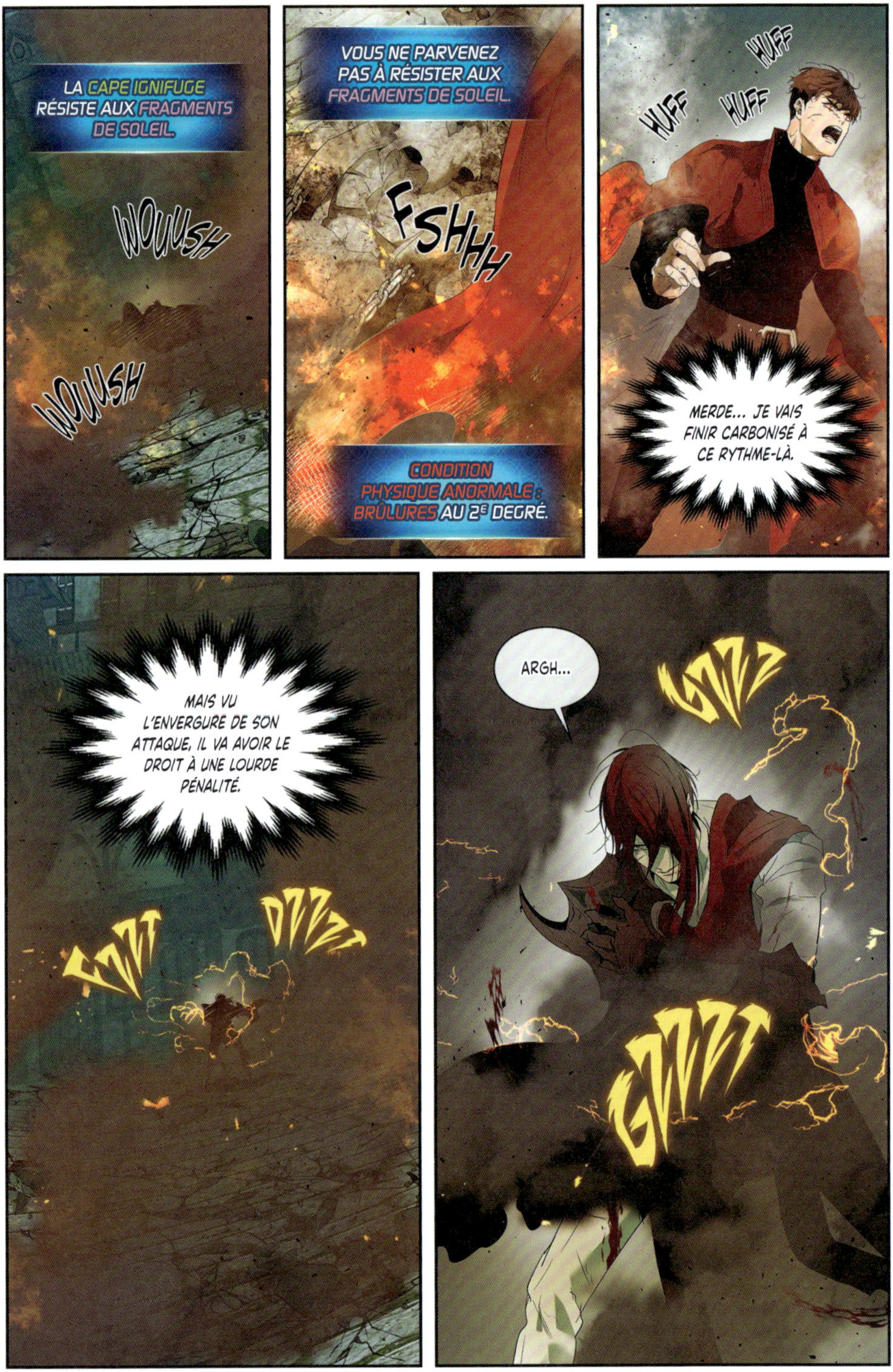
LA CAPE IGNIFUGE RÉSISTE AUX FRAGMENTS DE SOLEIL.
WOUUSH
WOUUSH
VOUS NE PARVENEZ PAS À RÉSISTER AUX FRAGMENTS DE SOLEIL.
FSHHH
CONDITION PHYSIQUE ANORMALE : BRÛLURES AU 2E DEGRÉ.
HUFF
HUFF
HUFF
MERDE... JE VAIS FINIR CARBONISÉ À CE RYTHME-LÀ.
MAIS VU L'ENVERGURE DE SON ATTAQUE, IL VA AVOIR LE DROIT À UNE LOURDE PÉNALITÉ.
GZZZT
GZZZT
ARGH...
GZZZ
GZZZT

CRAC
PLUS QUE TROIS FOIS À TENIR...
ENCORE UN EFFORT... UN TOUT PETIT EFFORT SUPPLÉMENTAIRE, ET C'EST BON...
SPAAF

ARGH...
FWASH
KOF...!
BEURGH

BOUM
BANG
KOF !!
BEURGH

FSHHH
MERDE... J'AI SOUS-ESTIMÉ SA PUISSANCE À CET ÉTAGE.
PLIC
PLOC
KOF
MÊME BLESSÉ ET PÉNALISÉ, SA FORCE EST MONSTRUEUSE.
JE PEUX ME BATTRE ENCORE UN PEU, MAIS LE VAINCRE VA ÊTRE COMPLIQUÉ.
POUR RÉSISTER À SES DEUX PROCHAINES ATTAQUES, IL ME FAUDRAIT...
...!

HÉ HÉ
AH, JE ME DEMANDAIS OÙ IL M'AVAIT FAIT VOLTIGER, MAIS J'AI ATTERRI DANS L'ATELIER DE VULCARO.
ON DIRAIT BIEN QUE LA CHANCE EST DE MON CÔTÉ.
WOOV
WOOV
WOOV
PIERRE DIVINE NOIRE VÉRITABLE
FRAGMENT QUI RENFERME L'OBSCURITÉ DU COMMENCEMENT. CONTIENT DU MANA DE NATURE OBSCURE EN QUANTITÉ INFINIE.
TYPE : MATÉRIAU

CHAPITRE 30

UNE PÉNALITÉ ?
CHRYSÈS, TU COMPRENDRAS QUAND TU EN AURAS FAIT L'EXPÉRIENCE.
TU VERRAS L'IMMENSE PUISSANCE QUE RENFERME CETTE TOUR.
ERGH...!
APOLLON AVAIT RAISON.
C'EST COMME SI LA TOUR ÉTAIT VIVANTE.
FWIP
UNE FORCE QUI RÉGULE ET NEUTRALISE LES POUVOIRS EXCESSIFS...
POUR PRÉSERVER L'ÉQUILIBRE DANS LES ÉTAGES INFÉRIEURS.

TAC
LA PÉNALITÉ INCARNE LA VOLONTÉ DE LA TOUR.
MERCI POUR VOTRE TRAVAIL.
EMBARQUEZ LE CRIMINEL AU PLUS VITE !
IDENTIFIEZ LE NOMBRE DE VICTIMES ET SOIGNEZ LES BLESSÉS !
À VOS ORDRES !!
ET POUR KIM YUWON...
LAISSEZ-LE.
PARDON ? MAIS IL RISQUE DE VOULOIR SE VENGER.

LA MISSION EST TERMINÉE. J'AI DÉJÀ CAUSÉ DES PROBLÈMES AU PREMIER ÉTAGE ET ENFREINT LES RÈGLES DE LA TOUR.
JE PRÉFÈRE ÉVITER DE VERSER DU SANG POUR RIEN.
BAANG
WONG
WONG
WONG
IL ÉTAIT À DEUX DOIGTS DE CREVER, MAIS IL S'EST ENCORE RELEVÉ !!
NE FAIS RIEN.

ENTENDU.
ALORS...
TAP
NE ME DITES PAS QUE VOUS VOULEZ TOUJOURS QU'ON LE LAISSE EN VIE ?
NON, IL EST DANGEREUX.
LE MANA OBSCUR EST PARTICULIER.
IL DÉGAGE UN MANA PUISSANT POUR UN HOMME À MOITIÉ MORT.
WONG
WONG
WONG

C'EST BON ! VOUS AVEZ L'AIR ÉPUISÉ, REPOSEZ-VOUS.
ON VA S'EN OCCUPER !
TAP
BRRR
OÙ IL EST PASSÉ ?
BAM
AGH !!
BAM
ERGH ?!

TAC
FWOUUSH
CRAAC
CRAC
CRAC
MERDE...! SON ESPRIT N'EST PAS PÉTRIFIÉ.
L'EFFET VA BIENTÔT SE DISSIPER.
QU'EST-CE QUE VOUS FAITES, BANDE DE CRÉTINS ?! VOUS ALLEZ RESTER PLANTÉS LÀ À RIEN FAIRE ENCORE LONGTEMPS ?!
TUEZ-LE !!
TADADAP

WONG
FLASH
FSHHH
ARGH !!
FSHH
UH...
UGH...
RAH...
IL A EN MAIN
QUELQUE CHOSE
D'HALLUCINANT.
LA TOUR A
INVOQUÉ UN
MONSTRE.
HMPF
COMMENT
POUVEZ-VOUS PARLER
AVEC AUTANT DE CALME
DANS UNE SITUATION
COMME CELLE-CI ?!

GRR
QUOI ? TU N'AS PAS DIT QUE VOUS ALLIEZ VOUS OCCUPER DE LUI ?
EN VENANT ICI, MON RÔLE ÉTAIT SEULEMENT DE PÉTRIFIER HÉPHAÏSTOS.
CLOP
VOUS ÊTES SÉRIEUX ?
DÉTENDS-TOI.
J'AI BIEN L'INTENTION D'EN FINIR AVEC LUI.
FSHIOU
FSHIOU
TAP
...!
AH, TE VOILÀ, CHRYSÈS !
BAM

FWASH
FROUSH
C'EST IMPRESSIONNANT.
CONTRÔLER SIMULTANÉMENT DEUX TYPES DE MANA EST DIFFICILE, MÊME POUR UN RANKER.

CE TYPE SERAIT VRAIMENT UN ATOUT POUR L'OLYMPE...
C'EST UN JOYAU ÉBLOUISSANT, DIGNE DES PLUS GRANDES CONVOITISES.
TON NOM EST KIM YUWON, C'EST ÇA ?
REJOINS-NOUS. NOUS TE DONNERONS BIEN PLUS QUE CE QUE TU AS PU COMMANDER À HÉPHAÏSTOS.
MON BUT EST PLUS GRAND QUE ÇA.
J'AI DÉJÀ DONNÉ MA RÉPONSE À CE TYPE, LÀ-BAS.
TSHHH
TU AS REFUSÉ ? C'EST DOMMAGE.
FRAAAS

TU AS ENCORE LA FORCE DE TE BATTRE ?
WONG
WONG
C'EST SURPRENANT D'ENTENDRE ÇA DE LA PART D'UN NOUVEAU JOUEUR.
CLING
MAIS PEUT-ÊTRE QUE DANS 100 ANS, JE RACONTERAI FIÈREMENT CETTE JOURNÉE.
JE ME VANTERAI D'AVOIR COMBATTU KIM YUWON QUAND IL EST ARRIVÉ AU PREMIER ÉTAGE.
KABOUM
À CE MOMENT-LÀ, TU SERAS PEUT-ÊTRE UN RANKER... OU MÊME PLUS QUE ÇA.

MAIS CE NE SERA POSSIBLE QUE SI TU SURVIS ICI.
GZZZ
DZZZZ
CET ENFOIRÉ EST PRÊT À MOURIR.
DOIVENT-ILS ABSOLUMENT EMMENER VULCARO ?
S'IL NE REJOINT PAS L'OLYMPE...
FWAAA
FWAASH
JE DOIS TENIR BON POUR EMPÊCHER CETTE CATASTROPHE DE SE PRODUIRE !
LA PROCHAINE GIGANTOMACHIE POURRAIT NE PAS AVOIR LIEU.

BOUM
FRRSHHH

FROUUUSH

FROOOM
TU AS ENCORE LA FORCE DE LANCER CE GENRE D'ATTAQUE ?
TU ES IMPRESSIONNANT, COMME TOUJOURS.
"COMME TOUJOURS" ?
BRAOUM

BRR
BRR
C'EST QUOI CETTE ATTAQUE REDOUTABLE ?
UN RANKER QUI UTILISE AUTANT DE PUISSANCE AU PREMIER ÉTAGE, C'EST DU JAMAIS VU.
C'EST UN MIRACLE QU'IL NE SOIT PAS MORT À CAUSE DE LA PÉNALITÉ.
WOUUSH
QUI A GAGNÉ ?
WOUUSH
WOUUSH
HA HA, C'EST TERMINÉ !
WOUUSH
HUFF
HUFF
KIM YUWON A BEAU ÊTRE SPÉCIAL, IL NE PEUT PAS SURVIVRE À UNE TELLE ATTAQUE !
SPAAF
?!
KOF

PAS ENCORE...
GZZZ
PLAAF
ARGH !!
CE N'EST PAS ENCORE FINI, RACLURE.
ESPÈCE DE FOU, TU N'AS PAS PEUR DE LA PÉNALITÉ ?
BAAM
AAARGH !!
COMME SI ÇA ALLAIT M'ARRÊTER.
VSH
VSH

JE NE SAIS PAS POUR LES AUTRES, MAIS TOI, C'EST SÛR QUE JE VAIS TE RÉGLER SON COMPTE.
À... À...
À L'AIDE...
GRIP

TU VAS TROP LOIN.
POURQUOI VOUS CHOISISSEZ CE MOMENT POUR VOUS MONTRER ?
EUH, L'AD...
L'ADMINISTRATEUR...?
ADMINISTRATEUR

CHAPITRE 31

TU PENSAIS QUE J'ALLAIS RESTER LÀ À REGARDER UNE GRANDE GUILDE SEMER LE CHAOS AU PREMIER ÉTAGE ?
SI TU VEUX TE BATTRE, MONTE AUX ÉTAGES SUPÉRIEURS ET FAIS PAS CHIER.
VOUIP
BAM
IL SEMBLE Y AVOIR UN MALENTENDU, JE NE CHERCHAIS PAS LA CONFRONTATION.
SHK
...
TILT
VOUS FAITES TOUS PARTIE DE L'OLYMPE ?
HEIN ? OUI, C'EST EXACT !
RETOURNE VOIR ZEUS ET TRANSMETS-LUI BIEN CE MESSAGE.
PAF
ARGH !!

S'IL RECOMMENCE...
ZIIING
JE LUI ARRACHERAI SA PRÉCIEUSE BARBE COMME LA DERNIÈRE FOIS.
PLAF
UH... HEIN ?
TRANSMETS-LUI SANS FAUTE.
HA HA... BIEN FAIT POUR TOI !
AVEC CE SORT EN PLACE, LE MESSAGE SERA TRANSMIS À LA LETTRE.
MAUDITS OLYMPIENS.
PFF
VOUS AVEZ SUBI UNE DÉFAITE CUISANTE.

FRRSHH
FRRSHH
FRRSHH
L'ŒUF DE ? MONTRE LES DENTS.
C'EST DANGEREUX.
BAM
BAM
ESSAIE-T-IL DE TIRER PROFIT DU FAIT QUE JE SOIS AFFAIBLI POUR ME DÉVORER ? OU...
CHERCHE-T-IL PLUTÔT À ME PROTÉGER ?
L'ŒUF DE ? ENTRE À NOUVEAU EN SOMMEIL.
À QUEL MOMENT AI-JE PERDU CONNAISSANCE ?

JE...
HEIN ?
BABAM
TU... QUOI ?
L'ANCIEN ?
L'ANCIEN ? PFF, À QUI TU CROIS PARLER, LÀ ?
ET SINON, COMMENT TU TE SENS ?
PAS TROP MAL. ET TOI, L'ANCIEN ?
VSH
TU VAS CONTINUER LONGTEMPS ?

QUOI ? TU PRÉFÉRERAIS QUE JE T'APPELLE LE VIOQUE ?
ARGH
PETITE CRAPULE !
JE T'AI SAUVÉ LA MISE, C'EST TOUT CE QUI COMPTE.
ON SE MOQUE BIEN DE COMMENT JE T'APPELLE.
TSS, PETIT INSOLENT.
BOURGON
...
MER... MERCI.
QUOI ?
J'AI DIT MERCI, IMBÉCILE ! COMBIEN DE FOIS DOIS-JE LE RÉPÉTER ?
ARGH
IL NE L'A DIT QUE DEUX FOIS.

RAH
EUH, HEM... QUI A FABRIQUÉ CETTE PIOCHE ? HEIN ?
RAH
PFF
IL A L'AIR TOUT GÊNÉ.
CLANG
EN VÉRITÉ, JE NE M'APPELLE PAS VULCARO.
JE SUIS HÉPHAÏSTOS, LE FORGERON DE L'OLYMPE.
...
ÇA NE TE SURPREND PAS ?
JE SUIS BOUCHE BÉE, ÇA SE VOIT PAS ?
BON SANG...
SOIT TU NE PEUX PAS MENTIR, SOIT TU N'ESSAIES MÊME PAS.
TAC

CE GAMIN SAVAIT QUI J'ÉTAIS DÈS LE DÉPART.
AU DÉBUT, JE PENSAIS QU'IL ÉTAIT DU CÔTÉ DES OLYMPIENS...
MAIS JE SUIS DÉSORMAIS CERTAIN DU CONTRAIRE.
IL EST CLAIR QU'IL N'EST PAS UN JOUEUR ORDINAIRE.
ENFIN, BREF...
LES OLYMPIENS VONT SE TENIR TRANQUILLES PENDANT UN BON MOMENT APRÈS CET INCIDENT.
J'AI DONC DÉCIDÉ DE LOUER UN ATELIER PENDANT QUELQUE TEMPS.
J'AI POUR HABITUDE DE RENDRE LES SERVICES OU LES MAUVAIS COUPS AU CENTUPLE.
DONNE-MOI JUSTE QUELQUES JOURS.

JE TE FABRIQUERAI LA MEILLEURE ÉPÉE QUI SOIT.
D'ACCORD.
TAP
PARFAIT, DÈS QUE L'ÉPÉE SERA PRÊTE…
JE MONTERAI LA TOUR.
JE SUIS IMPATIENT DE VOIR ÇA.
DOUM
VA D'ABORD À L'HÔPITAL.

WOONG
PFIOU.
WOONG
WOONG
PFIOU
APRÈS AVOIR PASSÉ TOUTE UNE JOURNÉE CLOUÉ AU LIT, JE ME SENS ENFIN PRÊT À BOUGER.
J'AVAIS PRÉVU D'AFFRONTER DIRECTEMENT L'OLYMPE À PARTIR DU 10E ÉTAGE...
MAIS LES CHOSES ONT PRIS UNE TOUT AUTRE TOURNURE.
CELA DIT, IL Y A TOUT DE MÊME DE GRANDS AVANTAGES À CETTE SITUATION.
ÉTANT DONNÉ QUE L'OLYMPE S'EST ATTIRÉ LES FOUDRES DE L'ADMINISTRATEUR, IL LEUR SERA DIFFICILE D'INTERVENIR AU PREMIER ÉTAGE PENDANT AU MOINS QUELQUES ANNÉES.
TAP
TAP
TAP
ET MA RELATION AVEC HÉPHAÏSTOS EST REDEVENUE TELLE QU'ELLE ÉTAIT AVANT MON RETOUR DANS LE PASSÉ.
JE POURRAI FACILEMENT M'APPROVISIONNER EN ARMES.

ET CERISE SUR LE GÂTEAU, J'AI OBTENU CE POUVOIR...
FWAAA
TOUT CELA VA AVOIR UN IMPACT SIGNIFICATIF SUR LA 2E GIGANTOMACHIE.
MAIS CETTE PIERRE DIVINE NOIRE EST ASSEZ DIFFICILE À MAÎTRISER...
ET RESTE BIEN MOINS PUISSANTE QUE LA KUNEÉ D'HADÈS.
JE COMPRENDS QUE LA KUNÉE EST UN OBJET ULTIME, MAIS SI L'ÉCART DE PUISSANCE EST SI GRAND...
NE SERAIT-CE PAS L'UTILISATEUR QUI FAIT LA DIFFÉRENCE ?
FWAA
J'AI REMARQUÉ TROIS CHANGEMENTS NOTABLES APRÈS SON AFFINAGE.
LA MENTION "À L'ÉTAT BRUT" A DISPARU...
LA RÉSISTANCE, L'AUGMENTATION DE LA PUISSANCE ET LA CONSOMMATION ONT ÉTÉ AMÉLIORÉES.
PIERRE DIVINE NOIRE VÉRITABLE
FRAGMENT QUI RENFERME L'OBSCURITÉ DU COMMENCEMENT. CONTIENT DU MANA DE NATURE OBSCURE EN QUANTITÉ INFINIE.
TYPE : MATÉRIAU
INVISIBILITÉ POSSIBLE
TRANSFORMATION DU MANA NORMAL EN MANA OBSCUR
INVOCATION DES ENFERS (LIMITÉ)
RÉSISTANCE AU MANA OBSCUR +50 %
AUGMENTATION DE LA PUISSANCE DU MANA OBSCUR + 30 %
CONSOMMATION DE MANA OBSCUR RÉDUITE DE 30 %

ET POUR FINIR, IL Y A L'INVOCATION DES ENFERS.
L'ENFER... UN MOT QUI SYMBOLISE HADÈS...
ET QUI EST AUSSI LA SOURCE DE SON POUVOIR.
PUISQUE C'EST ÉCRIT "LIMITÉ", JE NE POURRAI PAS TIRER PLEINEMENT PARTI DE CETTE CAPACITÉ.
MALGRÉ TOUT, CELA ME PERMET DE COMPRENDRE UN PEU PLUS LA NATURE DU POUVOIR DE CETTE PIERRE DIVINE NOIRE.
GNAP
PLUTÔT QUE DE CONTENIR LE POUVOIR, LA PIERRE NOIRE SERT DE RÉCEPTACLE POUR L'INVOQUER.
APRÈS UNE JOURNÉE ENTIÈRE À ÉTUDIER SON UTILISATION...
J'AI UNE MEILLEURE IDÉE DE SON FONCTIONNEMENT.
PFIOU... IL EST TEMPS DE RETOURNER VOIR HÉPHAÏSTOS.
DILING
NOUVEAU MESSAGE
HÉPHAÏSTOS
VIENS.
PARFAIT TIMING.

FWAASH
CET ATELIER EST IMMENSE, ÇA A DÛ LUI COÛTER UN BRAS !
EN MÊME TEMPS, LES OBJETS FABRIQUÉS PAR VULCARO VALENT LEUR PESANT D'OR...
ET IL EMPOCHE UN POURCENTAGE SUR SES CRÉATIONS QUI CONTINUENT DE SE VENDRE À L'OLYMPE.
IL EST POSSIBLE QU'IL SOIT PARMI LES 1 % DES RANKERS LES PLUS RICHES.
JE L'ENVIE UN PEU.
CLANG
COMME TU NE FAIS PLUS DE BRUIT, TU AS DÛ TERMINER, NON ?
AH, TE VOILÀ !
TIENS, PRENDS ÇA.
VSH
COMME D'HAB, IL NE PERD PAS DE TEMPS.

WIP
WIP
ON AVAIT PARLÉ D'UNE ÉPÉE. QU'EST-CE QUE C'EST QUE ÇA ?
WIP
OUVRE.
...?
CLK
MAIS... Y A RIEN !
C'EST UNE FARCE ?
REGARDE BIEN, CRÉTIN !
QU'EST-CE QU'IL Y A DEDANS AU JUSTE ?
...?
FFT
JE SENS QUELQUE CHOSE DE LISSE... C'EST UN GANT ?

AH... TU AS UTILISÉ DU MITHRIL ?
TU PIGES VITE.
VSH
FFT
GANT TRANSPARENT
GANT FIN FABRIQUÉ À PARTIR D'UN MATÉRIAU SPÉCIAL. IL PRÉSENTE UNE EXCELLENTE CONDUCTIVITÉ EN MANA.
#PEUT DEVENIR INVISIBLE GRÂCE À UN RÉGLAGE.
MMH, J'AI L'IMPRESSION DE NE RIEN PORTER.
FFT
FFT
POURQUOI IL L'A FABRIQUÉ ? RENDRE ÇA TRANSPARENT N'A PAS DÛ ÊTRE UNE MINCE AFFAIRE.
LE MITHRIL EST PAS DONNÉ, EN PLUS.
...?
IL Y A UN TROU ICI.
DRK
J'AI PAS BESOIN DE T'EXPLIQUER COMMENT ÇA MARCHE, ON DIRAIT.
VSH
VSH
J'AVAIS PAS LE TEMPS, ALORS J'AI FAIT ÇA VITE FAIT AVEC LES MOYENS DU BORD. FAIS-EN CE QUE TU VEUX.
HMPF
IL A FABRIQUÉ CE GANT POUR ÉVITER QUE JE TIENNE LA PIERRE À LA MAIN.

VSH
MERCI POUR LE GANT.
VÉRIFIE L'ÉPÉE AVANT DE ME REMERCIER.
FLAP
CRRR
ELLE EST IMPECCABLE.
RIEN QU'EN LA TENANT, JE PEUX RESSENTIR TOUTE SA PUISSANCE.
ELLE EST EXTRAORDINAIRE.
À TOI DE CHOISIR SON NOM.
SWISH
LE FORGERON HÉPHAÏSTOS VOUS DEMANDE DE NOMMER L'ÉPÉE.

VEUILLEZ CHOISIR SON NOM.
WOOV
LA POUSSIÈRE NOIRE DE LA PIERRE DIVINE RECOUVRE LE VERT DU MITHRIL...
ET SES EFFETS...
COMME ELLE EST AUSSI SOMBRE QUE LA NUIT...
JE VAIS L'APPELER "ÉPÉE DE LA NUIT NOIRE".
WOOOSH
HUH... QUOI ?
LE CHOIX DES NOMS, C'EST VRAIMENT PAS SON TRUC !
TING

CHAPITRE 32

VOUS AVEZ OBTENU L'ÉPÉE DE LA NUIT NOIRE.
CONFORMÉMENT À LA VOLONTÉ D'HÉPHAÏSTOS, L'ÉPÉE DE LA NUIT NOIRE VOUS APPARTIENT.
CETTE ÉPÉE EST CONÇUE POUR EXCELLER DANS LA NUIT ET LES TÉNÈBRES.
SON NOM REFLÈTE À LA FOIS SON ESTHÉTIQUE ET SES EFFETS.
ÉPÉE DE LA NUIT NOIRE
CRÉATION DU FORGERON HÉPHAÏSTOS
FABRIQUÉE À PARTIR DE RÉSIDUS D'UNE GEMME SPÉCIALE, ET DE MITHRIL.
#ACCUMULATION DE MANA OBSCUR
#AUGMENTATION DU TAUX DE RÉCUPÉRATION DE VOS PV JUSQU'À 200 % DANS L'OBSCURITÉ.
#AMPLIFICATION DU MANA JUSQU'À 100 % DANS L'OBSCURITÉ.
#AUGMENTATION DU TAUX DE RÉCUPÉRATION DU MANA JUSQU'À 100 % DANS L'OBSCURITÉ.
L'ACCUMULATION DE MANA ET LE TAUX DE RÉCUPÉRATION DES PV DE CET OBJET SONT EXCEPTIONNELS.
DANS L'OBSCURITÉ, JE POURRAI COMBATTRE INDÉFINIMENT SANS ME FATIGUER AVEC CETTE ÉPÉE.
CHLK
C'EST BIEN AU-DELÀ DE MES ESPÉRANCES.

HMPF
L'ARME N'EST ACHEVÉE QUE LORSQU'ELLE REÇOIT UN NOM... MAIS IL L'A APPELÉE COMMENT ? L'ÉPÉE DE LA NUIT NOIRE ?
ET IL A L'AIR TOUT CONTENT DE LUI EN PLUS.
BON, CETTE ÉPÉE LUI VA BIEN, C'EST L'ESSENTIEL !
PRÊT À GRAVIR LA TOUR ?
PFIOU
OUI, JE VAIS Y ALLER.
QUE VAS-TU FAIRE DE L'OLYMPE ?
À TON AVIS ! JE VAIS LA FAIRE TOMBER.

DU SOMMET...
JUSQU'ICI.
AH BON ?
MALGRÉ LE GRABUGE QU'IL A CRÉÉ, IL AFFICHE UNE SÉRÉNITÉ DÉCONCERTANTE.
QUEL DRÔLE DE TYPE ! IL N'A VRAIMENT PEUR DE RIEN !
VA, NOS AFFAIRES SONT TERMINÉES. JE NE TE RACCOMPAGNE PAS.
CRIII
CLAC

DES ADIEUX SOBRES, COMME TOUJOURS.
JE NE L'AVAIS PAS REVU DEPUIS SI LONGTEMPS...
TU L'AS FABRIQUÉ AVEC DE L'ADAMANTIUM ?
CE N'EST DÉJÀ PAS FACILE D'OBTENIR NE SERAIT-CE QUE DU MINERAI DE FER, ALORS COMMENT AS-TU...?
TU AS DIT AVOIR PERDU TON ÉPÉE.
POUR AFFRONTER CES FOUTUS DIEUX EXTÉRIEURS, IL TE FAUT BIEN ÇA.
FRR
PLIC
PLOC
PLIC
PLOC

NE ME DIS PAS QUE TU AS FONDU TON MARTEAU ET UTILISÉ TON POING À LA PLACE ?
POURQUOI...?
OHAM
AH, JE SUIS CREVÉ.
PRENDS-LA ET TAIS-TOI.
GNAP
C'EST COMME SI TU M'AVAIS DONNÉ UNE PARTIE DE TOI.
C'ÉTAIT UN PLAISIR DE TE REVOIR.

WOONG
WOONG
WOONG
SHURI
SURVEILLANTE DE L'ÉPREUVE DU COLISÉE
♬♪
WOONG
♩♬
WOONG
SCRONCH
KIM YUWON, NOUVEAU JOUEUR, ARRIVÉ AU PREMIER ÉTAGE IL Y A DOUZE JOURS.

MEILLEURS RÉSULTATS DE TOUS LES TEMPS AU TUTORIEL, POTENTIEL DE DEVENIR UN RANKER.
IL Y A BEAUCOUP DE NOUVEAUX PROMETTEURS CETTE FOIS.
SCRONCH
HARGAN ÉTAIT TRÈS DOUÉ AUSSI. LE VOIR À L'ACTION ÉTAIT DIVERTISSANT.
MAIS CE KIM YUWON A RÉUSSI À LE DÉTRÔNER DE SA PREMIÈRE PLACE AU CLASSEMENT.
SE PRÉSENTER SEUL À UN EXAMEN QUI PEUT SE FAIRE EN ÉQUIPE, C'EST COURAGEUX.
PENSE-T-IL QU'IL N'A AUCUN RIVAL À CET ÉTAGE ?
HÉ HÉ
CET ENDROIT EST CONÇU POUR RÉSISTER À L'EFFONDREMENT, MÊME LORS DES AFFRONTEMENTS ENTRE RANKERS.
ALORS, VAS-Y, FAIS-TOI PLAISIR !

BABAM
LE COLISÉE
ARÈNE DE L'ÉPREUVE DU 1ER ÉTAGE
CET EXAMEN ÉVALUE LA "PUISSANCE" QUI EST UNE QUALITÉ ESSENTIELLE POUR UN GUERRIER.
WIP
C'EST UNE ÉPREUVE FACILE, IL SUFFIT DE FAIRE TOMBER LES ADVERSAIRES.
CLASSEMENT
1er SON OGONG 19 ROUNDS
2e HERCULE 18 ROUNDS
2e ODIN 18 ROUNDS
SANS SURPRISE, SON OGONG EST EN TÊTE.
TSS
C'EST BIEN AU-DESSUS DE MON SCORE AVANT DE REVENIR DANS LE PASSÉ.
À CE MOMENT-LÀ, MON RECORD ÉTAIT DE 12 ROUNDS.

TIENS, TIENS ? UN NOM FAMILIER.
12E HARGAN 16 ROUNDS
16 ROUNDS... SACRÉ SCORE !
IL A FAIT PEUT-ÊTRE MÊME MIEUX QUE LA PREMIÈRE FOIS.
DEPUIS QU'IL A OBTENU LA MAIN DU ROI DE LA FOUDRE, IL MONTE EN PUISSANCE COMME S'IL AVAIT DES AILES.
CLANG
JE NE SAIS PAS À QUEL ÉTAGE IL EST EN CE MOMENT, MAIS JE VAIS BIENTÔT LE RATTRAPER.
DÉBUT DE L'ÉPREUVE
ÉLIMINEZ LES ENNEMIS.
SHLAAC
BOUM
BOUM
PERSONNE N'EST ALLÉ JUSQU'AU DERNIER ROUND.
ICI, PLUS ON ABAT D'ENNEMIS, PLUS ON OBTIENT DE RÉCOMPENSES.
C'EST POURQUOI LES JOUEURS ASPIRANT À DEVENIR RANKERS DOIVENT ABSOLUMENT REPOUSSER LEURS LIMITES ICI.
ZIEUT

TCHIIK... TCHIIK !!
GROOAR
BAM
BAM
TCHIIAARGH !!
BAM

ARGN
COMPÉTENCE :
DAGUE MAGIQUE
WOOV
DAF
SHLAC
SCRITCH
NIVEAU
D'ACHÈVEMENT D'ASSASSIN
DES CIEUX : + 0,008 %

BOUM
VOUS AVEZ RÉUSSI L'ÉPREUVE DU 1ER ÉTAGE.
J'AI RÉUSSI L'ÉPREUVE, JE PEUX M'ARRÊTER LÀ.
VOUIP
MAIS POUR MOI, LA VÉRITABLE ÉPREUVE COMMENCE MAINTENANT.
SOUHAITEZ-VOUS PASSER AU PROCHAIN ROUND ?
JE RELÈVE LE DÉFI.
VOUS AVEZ ACCEPTÉ DE POURSUIVRE.
DÉBUT DU 2E ROUND
BONTÉ DIVINE.
QUAND IL A TUÉ QUELQUES ORCS, COMME HARGAN L'AVAIT FAIT AUSSI, ÇA NE M'A PAS IMPRESSIONNÉ, MAIS LÀ...
JE SUIS EN TRAIN DE VIVRE UNE SITUATION HISTORIQUE !
IL EST MÊME PLUS RAPIDE QUE SON OGONG, LE GRAND SAINT ÉGAL AU CIEL ET REBELLE DES CIEUX.

TAC
WOUSH

SHLAAAC

TCHAC
IL COMBAT SANS RELÂCHE.
9E ROUND
SHLAC
10E ROUND
EN PLUS, JE N'AI PAS L'IMPRESSION QU'IL UTILISE DES COMPÉTENCES POUR GÉRER SES PV ET SON MANA.
11E ROUND
12E ROUND
CE N'EST PAS RÉUSSIR CETTE ÉPREUVE QUI L'INTÉRESSE.
IL VISE PLUS LOIN !
SHLAC
IL CHERCHE À BATTRE LE RECORD DES RANKERS !!
14E ROUND
15E ROUND

SOUHAITEZ-VOUS PASSER AU PROCHAIN ROUND ?
OUI.
FROUUUSH
LES YEUX DE FEU PRENNENT LE CONTRÔLE DE FEU DE GÉANT.
TSING
COMPÉTENCE : FEU DE GÉANT
ÉPÉE GIGANTESQUE
SCRRR
SCRRR
SCRR
IL RÉSISTE À MON ATTAQUE ?
TRÈS BIEN, JE NE VAIS PAS FAIRE DURER LE PLAISIR ALORS.

FWAASH
LA FORCE DES GÉANTS EST CONCENTRÉE DANS VOTRE BRAS. NIVEAU DE MAÎTRISE FAIBLE.
CRAAC
CRAC
VOTRE CONSTITUTION EST FAIBLE. GÉANTIFICATION PARTIELLE EN COURS.
CRAAAC
SHLAC

CLANG
CLANG
PAF
C'EST MA DEUXIÈME DÉFAITE.
L'HOMME AUX CHEVEUX BLANCS ÉTAIT FORT AUSSI.
C'ÉTAIT LA PREMIÈRE FOIS QUE JE VOYAIS QUELQU'UN SE RELEVER APRÈS AVOIR ÉTÉ LACÉRÉ ET PLANTÉ À CE POINT.
J'AVAIS PERDU DE JUSTESSE AVEC LUI. MAIS TOI... TU ES BIEN PLUS REDOUTABLE.
SI TON ÉPÉE AVAIT ÉTÉ EN MEILLEUR ÉTAT, J'AURAIS EU PLUS DE MAL.
CELA DIT, MERCI. J'AI PRIS BEAUCOUP DE PLAISIR À COMBATTRE CONTRE TOI.
ARRÊTE ÇA... ON SAIT BIEN QUE TU AURAIS GAGNÉ DE TOUTE FAÇON.
FFT
...

VOUS AVEZ GAGNÉ UN NIVEAU.
FORCE + 1 AGILITÉ + 1 CONSTITUTION + 1
NIVEAU D'ACHÈVEMENT D'ASSASSIN DES CIEUX : + 4,78 %
FSHIOU
VOUS AVEZ RÉUSSI LE 19E ROUND.
PFIOU
FSHIOU
J'AI LE MÊME SCORE QUE SON OGONG.
IL NE ME RESTE PLUS QUE LE...
20E ROUND QUE PERSONNE N'A JAMAIS RÉUSSI.
SOUHAITEZ-VOUS PASSER AU PROCHAIN ROUND ?
SANS AUCUN DOUTE.

CHAPITRE 33

FWAA
EN L'ABSENCE DE RÉPONSE DANS LES 30 SECONDES, VOUS SEREZ ENVOYÉ AU PROCHAIN ÉTAGE.
30
ILS NE ME LAISSENT MÊME PAS UNE MINUTE POUR SOUFFLER.
TIC 16 TAC
APRÈS TOUT, SI ON AVAIT TOUT LE TEMPS DE SE REPOSER, CETTE ÉPREUVE PERDRAIT TOUT SON SENS.
OK.
PFIOU
TIC TAC TIC TAC
J'ACCEPTE.
TIC TAC
10
VOUS AVEZ ACCEPTÉ DE POURSUIVRE.
...!
BRAOUM
BRAOUM
DÉBUT DU DERNIER ROUND

KIAAARGH
CETTE AURA MEURTRIÈRE ET CE MANA ÉCRASANT...
ÇA ME FILE LA CHAIR DE POULE.
KIAAAARGH
C'EST VRAIMENT LE MONSTRE AUQUEL JE PENSE QUI VA SORTIR ?
CRAC
LA FORCE DES GÉANTS EST CONCENTRÉE DANS VOTRE BRAS.
KIAAAARGH
KIAAARGH

LE BOSS
DE L'ÉPREUVE FINALE
ENTRE DANS L'ARÈNE.
SSHHRAAK
SSHHRAAK
SBAAM
ARGH !

CRSHHH
CRSHHH
CRSHHH
JE ME FAIS REPOUSSER ALORS MÊME QUE J'AI ACTIVÉ LA GÉANTIFICATION ?
BAM
BOUM
BAM
ARF !
SCRRRR

AU 20E ROUND
DU PREMIER ÉTAGE...
IL N'AVAIT QU'UNE TÊTE ET UNE QUEUE, MAIS C'ÉTAIT DÉFINITIVEMENT LUI.
MÊME SI C'EST LE DERNIER ROUND, UN MONSTRE PAREIL DÈS LE PREMIER ÉTAGE ! C'EST ABUSÉ.
TU ES SÛR DE NE PAS L'AVOIR CONFONDU AVEC UNE AUTRE CRÉATURE QUI LUI RESSEMBLE ?
JE ME SUIS FAIT ASSOMMER PAR SA QUEUE ET J'AI ÉCHOUÉ.
J'AI PU SURVIVRE GRÂCE À MA FORCE VITALE EXCEPTIONNELLE, MAIS UNE PERSONNE ORDINAIRE SERAIT MORTE SUR LE COUP.
GRRR
HÉ, YUWON.
TU CROIS VRAIMENT QUE JE POURRAIS ME TROMPER ?

UN SERPENT GÉANT À HUIT TÊTES ET HUIT QUEUES, ASSEZ GRAND POUR COUVRIR HUIT PICS ET VALLÉES...
BAM
UN MONSTRE COMPARABLE À UNE CRÉATURE DIVINE, UNE BÊTE DÉMONIAQUE OU UN DRAGON...
ET UN ANCIEN FRAGMENT DES DIEUX EXTÉRIEURS...
BAAAM
IL A ÉTÉ SCELLÉ PAR SUSANOO IL Y A LONGTEMPS.
JE NE M'ATTENDAIS PAS À LE TROUVER ICI.
GRIP
LES ADMINISTRATEURS FONT VRAIMENT N'IMPORTE QUOI.
KIAAARGH
ÉLIMINEZ LA 8E TÊTE DU YAMATA NO OROCHI.
C'EST QUOI CE NIVEAU DE DIFFICULTÉ INSENSÉ À CET ÉTAGE ?

FLASH
KIIAAARGH !
BAAM
TADAP
COMME L'A DIT OGONG, IL N'A QU'UNE TÊTE ET ÇA A L'AIR D'ÊTRE LA PLUS PETITE DES HUIT, MAIS...
DANS MON ÉTAT ACTUEL, UNE SEULE ERREUR ET JE SUIS BON POUR LA TOMBE.
TADADAP
SWICH

BAM
WOUSH
BAM
KIIAAARGH !
KIAAARGH !!
CRAAASH
VOUIP
SCRRR
WOUUSH

BAM
BAAAM
BAM
BOUUM
BOUM
TES ATTAQUES SONT TOTALEMENT INEFFICACES.
BRR
L'OROCHI QUE JE CONNAISSAIS ÉTAIT BIEN DIFFÉRENT.
ZING
PIERRE DIVINE NOIRE

KIEERGH !
SLAAASH
JE L'AI PAS PLANTÉ ASSEZ PROFOND ?
TSS.
KIAAARGH

WOUSH
MALGRÉ L'ATTAQUE AVEC L'ÉPÉE DE LA NUIT NOIRE IMPRÉGNÉE DE L'ÉNERGIE DE LA PIERRE DIVINE...
TAC
ZIIING
SES ÉCAILLES ET SA PEAU SONT TELLEMENT DURES QUE LES DÉGÂTS SONT MINIMES.
SHLAC
TCHAC
À PREMIÈRE VUE, CETTE ÉPREUVE SEMBLE IMPOSSIBLE À RÉUSSIR.
SLAASH

KIAAARGH !
BAAM
TAC
MAIS LA TOUR...
NE PROPOSE JAMAIS D'ÉPREUVE INSURMONTABLE.
IL FAUT QUE JE TROUVE...
"CET ENDROIT" SUR LE CORPS DE L'OROCHI !"
...
QU'EST-CE QUI LUI ARRIVE ?
IL A CESSÉ D'ATTAQUER.

A-T-IL ENFIN COMPRIS QU'IL PREND UN RISQUE INCONSIDÉRÉ ?
CE QU'IL A FAIT JUSQUE-LÀ EST DÉJÀ UNE PROUESSE.
ABANDONNE, KIM YUWON.
LE SIMPLE FAIT D'AVOIR BLESSÉ L'OROCHI EST UN EXPLOIT EN SOI...
JE L'AI TROUVÉ.
TILT
QUOI ?

WOUSH
BAAM
TADADAP

TAP
WIP
WIP
TADAP
TAP
KIAARGH ! KIAARRRGH !!
FWIP
NE ME DIS PAS QU'IL VISE...
LE CŒUR DU YAMATA NO OROCHI... ?
LE SEUL ENDROIT OÙ IL N'A PAS D'ÉCAILLES.

SON UNIQUE
POINT FAIBLE !!
TADAP
CHZZZAC
KIAAARGH !!

SHLAC
IEERGH...
IEEERGH...
ARGH...
IL EST BRUYANT JUSQU'AU BOUT.
SPAAF

GRAP
C'EST... IMPOSSIBLE !
C'EST SANS PRÉCÉDENT... HISTORIQUE MÊME...
C'EST UN SERPENT MALÉFIQUE D'UNE TAILLE TELLE QU'IL POURRAIT COUVRIR HUIT SOMMETS ET VALLÉES, MANIPULANT LA MAGIE ET LES ARTS OCCULTES.
SEUL LE TOP RANKER SUSANOO AVAIT RÉUSSI À MAÎTRISER CETTE IMMENSE CALAMITÉ, QUI A FAILLI DÉTRUIRE UN ÉTAGE DE LA TOUR.
BRANDISSANT UNE ÉPÉE MYSTIQUE, INDESTRUCTIBLE ET CHARGÉE D'UN SORTILÈGE...
CAPABLE DE SCELLER TOUTES LES CRÉATURES QU'ELLE TRANSPERÇAIT...
IL AVAIT INFLIGÉ UNE BLESSURE INDÉLÉBILE AU CŒUR DE L'OROCHI, QUI ÉTAIT DEVENUE SON UNIQUE TALON D'ACHILLE.
LE MYTHE SERAIT-IL EN TRAIN DE SE RÉPÉTER ?

CHAPITRE 34

VOUS AVEZ ÉLIMINÉ LA 8E TÊTE DU YAMATA NO OROCHI.
VOUS AVEZ GAGNÉ UN NIVEAU.
NIVEAU D'ACHÈVEMENT D'ASSASSIN DES CIEUX : 12,85 %.
NIVEAU 69
KIM YUWON
FORCE : 79
AGILITÉ : 62
CONSTITUTION : 70
PERCEPTION : 60
MANA : 72
FORCE +1
AGILITÉ+2
CONSTITUTION +1
PFIOU
VOUS AVEZ RÉUSSI LE DERNIER ROUND.
VOTRE EXPLOIT SERA INSCRIT DANS LE COLISÉE.

CHLK
J'AVAIS DÉJÀ GAGNÉ UN NIVEAU AU 19E ROUND, ET LÀ, UN DE PLUS, C'EST GÉNIAL.
À PARTIR DU NIVEAU 60, C'EST PRESQUE IMPOSSIBLE D'EN GAGNER AVEC DES QUÊTES ORDINAIRES.
TAP
PLUS QUE 31, ET J'ATTEINDRAI LE NIVEAU 100.
UNE ELFE AUX MOUVEMENTS RAPIDES ET FURTIFS, DISSIMULANT SA PRÉSENCE...
AVEC SIX ÉPÉES ATTACHÉES À SON DOS ET À SA TAILLE...
JE MONTE DE NIVEAU PLUS VITE QUE JE NE LE PENSAIS.
PARTICIPANT KIM YUWON.
...
JE RECONNAIS SHURI, LA SURVEILLANTE DE L'ÉPREUVE DU 1ER ÉTAGE.

TU CONNAISSAIS LE YAMATA NO OROCHI...?
TU SAVAIS POUR SON POINT FAIBLE ?
LA TOUR NE PROPOSERAIT PAS UNE ÉPREUVE IMPOSSIBLE.
MÊME S'IL S'AGISSAIT DU DERNIER ROUND, LE NIVEAU DE DIFFICULTÉ M'A SEMBLÉ TROP ÉLEVÉ, ALORS J'AI PRIS LE TEMPS D'EXA-MINER LA BÊTE...
FSH
ET J'AI TROUVÉ LA SOLUTION.
VSH
ATTENDS, TU AS LES YEUX DE FEU ET LES PUPILLES D'OR ?
JUSTE LES YEUX DE FEU, JE N'AI PAS ENCORE LES PUPILLES D'OR.
LES YEUX DE FEU ET LA GÉANTIFICATION...
IL A LES COMPÉTENCES DE DEUX HAUTS RANKERS.

TU ES DE L'OLYMPE... OU ALORS DU ROYAUME CÉLESTE ? OU ES-TU LE SUCCESSEUR DU "GRAND SAINT ÉGAL DU CIEL ET REBELLE DES CIEUX".
PEU IMPORTE, JE COMPRENDS MIEUX MAINTENANT.
NE T'INQUIÈTE PAS. LE SURVEILLANT NE PEUT DIVULGUER AUCUNE INFORMATION...
SUR L'ÉPREUVE OU LES JOUEURS QUI Y PARTICIPENT.
ON DIRAIT QU'IL Y A UN GROS MALENTENDU...
MAIS TANT PIS.
FWIT
VOICI UNE RÉCOMPENSE SUPPLÉMENTAIRE DE L'ADMINISTRATEUR.
FSH
JE DEVAIS LA REMETTRE AU JOUEUR QUI RÉUSSIRAIT TOUS LES ROUNDS DU 1ER ÉTAGE, MAIS...
LE DERNIER ADVERSAIRE ÉTANT L'OROCHI, JE NE PENSAIS PAS QUE CE JOUR VIENDRAIT.

ELLE A ENFIN TROUVÉ SON PROPRIÉTAIRE.
CLANG
JE TE LAISSE L'EXAMINER. JE NE CONNAIS RIEN DE CETTE ÉPÉE.
ZIIING
QUOI ? ELLE EST CASSÉE ?
...
C'EST DONC ICI QU'ELLE ÉTAIT.
ÉPÉE DE TOTSUKA - FRAGMENT
FRAGMENT DE L'ÉPÉE UTILISÉE PAR SUSANOO POUR SCELLER LE YAMATA NO OROCHI.
UN POUVOIR SPÉCIAL Y EST SCELLÉ, MAIS ELLE EST BRISÉE. VOUS DEVEZ RASSEMBLER LES AUTRES FRAGMENTS POUR RETROUVER SON POUVOIR D'ORIGINE.
BIEN, ÇA VA FACILITER MES PLANS.
SI TU N'ES PAS SATISFAIT PAR LA RÉCOMPENSE, JE PEUX EN PARLER À L'ADMINISTRATEUR.
FWAA
NON, C'EST BON, ÇA ME CONVIENT.

CE N'EST QU'UNE RÉCOMPENSE SECONDAIRE, LA VRAIE EST AILLEURS.
VOUS AVEZ RÉUSSI TOUS LES ROUNDS DU 1ER ÉTAGE.
WOOV
+ 20 000 POINTS
WOOV
TOUTES VOS STATISTIQUES AUGMENTENT DE 2 POINTS.
WOOV
VOUS AVEZ OBTENU UN FRAGMENT DE L'ÉPÉE DE TOTSUKA.
FSHH
VOUS AVEZ OBTENU LE 8E CŒUR DE L'OROCHI.
8E CŒUR DE L'OROCHI
8E PARTIE DU CŒUR DU YAMATA NO OROCHI, QUI A ÉTÉ DIVISÉ ET SCELLÉ PAR SUSANOO.
IL RENFERME UN POISON PUISSANT.
WOOOOV

LE POISON CONTENU DANS CE CŒUR... NE PEUT ÊTRE CONSOMMÉ TEL QUEL.
CEPENDANT, SI JE PARVIENS À NEUTRALISER LE POISON, C'EST UN ÉLIXIR SI EXCEPTIONNEL QU'IL POURRAIT FAIRE ENVIE MÊME AUX HAUTS RANKERS.
JE N'Y CROYAIS PAS, MAIS C'EST VRAIMENT CE QUI EST OFFERT EN RÉCOMPENSE.
C'EST UN OBJET AVEC UNE VALEUR DIFFICILE À ÉVALUER EN POINTS. FÉLICITATIONS.
JE TE CONSEILLE DE NE PAS LE PRENDRE TEL QUEL.
SOUHAITEZ-V
PASSER À L'É
SUPÉRIEU
OUI
MERCI POUR LE CONSEIL.
MAINTENANT, JE...
WOON
?!
FFT
WOON
WONG
L'ŒUF DE ? RÉAGIT.
WONG
L'ŒUF DE ? RÉCLAME À MANGER.
QUOI ?!

WOONG
L'ŒUF DE ?
SE DÉVOILE.
?!
WOONG
WOONG
QUELLE EST CETTE ÉNERGIE ?
FWIP
L'ŒUF N'A PAS ENCORE ÉCLOS.
BRR
BRR
COMMENT PEUT-IL SE DÉVOILER ?
SCRONCH
SCRONCH
SCRONCH

GRR
COMMENT CETTE CRÉATURE A-T-ELLE PU S'INTRODUIRE DANS UN LIEU PROTÉGÉ PAR LE POUVOIR DE LA TOUR ?
SHOOOOV
SHOOOOV
TAP
ATTENDS !!
FSHHH
NE FAIS RIEN POUR LE MOMENT.
SCRONCH
SCRONCH
L'ŒUF DE ? DÉVORE LA 8E TÊTE DE L'OROCH.
SCRONCH
SCRONCH
SCRONCH

SCRONCH
CE TRUC EST EN TRAIN DE MANGER LE CADAVRE ?
SCRONCH
SCRONCH
JE N'AI JAMAIS VU UNE TELLE CRÉATURE. QU'EST-CE DONC ?
BON, PUISQUE LE CADAVRE EST À TOI, JE NE M'EN MÊLERAI PAS.
MAIS EST-CE AUSSI UNE DE TES COMPÉTENCES ?
ON DIRAIT BIEN.
SHOOOOY
SHOOOOY
À VRAI DIRE, JE N'EN SUIS PAS SÛR NON PLUS.

CLING-
CLING
FSHHH
FSHHH
TU ES RASSASIÉ ?
IL A UNE APPARENCE MONSTRUEUSE, MAIS IL SE COMPORTE COMME UN ENFANT.
SHOOOV
L'ŒUF DE ? HOCHE LA TÊTE.
L'ŒUF DE ? CHANTONNE.
FSHH
WOUUSH
QU'EST-CE QUE C'EST AU JUSTE ?
L'ŒUF DE ? S'ENDORT.
SI CET ŒUF, QUI ÉTAIT JUSQUE-LÀ INACTIF VIENT D'APPARAÎTRE...
FWAA
UN ŒUF DE...?

ŒUF DE ?
EST-CE QUE ÇA SIGNIFIE QUE LE TAUX D'ÉCLOSION A AUGMENTÉ?
C'EST UN ŒUF DE ?. IMPOSSIBLE DE SAVOIR QUI IL APPARTIENT NI CE QU CONTIENT NI COMMENT LE FAIRE ÉCLORE.
TAUX D'ÉCLOSION : 13,58 %
AS-TU UNE IDÉE DE CE QUE C'ÉTAIT TOUT À L'HEURE ?
OUI, UN PEU.
JE PENSAIS QU'IL ÉTAIT UN DESCENDANT DE SON OGONG...
MAIS APRÈS AVOIR VU CETTE PUISSANCE, JE NE SUIS PLUS SÛR.
LE ROYAUME CÉLESTE NE CACHERAIT PAS UNE FORCE AUSSI SINISTRE.
TU SEMBLES AVOIR BEAUCOUP DE SECRETS, ALORS JE NE RÉVÉLERAI RIEN DE CE QUI S'EST PASSÉ ICI.
J'ESPÈRE ENTENDRE PARLER DE TOI PLUS HAUT.
ELLE A TOUJOURS CE PETIT RITUEL DE DIRE AU REVOIR AUX PARTICIPANTS DE L'ÉPREUVE.

C'EST UNE GUERRIÈRE INFLEXIBLE, MAIS JUSTE, FORTE ET D'UNE GRANDE BEAUTÉ.
CLING
CLING
CLASSEMENT
1er SON OGONG 19 ROUNDS
2e HERCULE 18 ROUNDS
2e ODIN 18 ROUNDS
4e ASURA 17 ROUNDS
GRIP
C'ÉTAIT UN PLAISIR DE TE RENCONTRER.
TING
1ER KIM YUWON 20 ROUNDS
2E SON OGONG 19 ROUNDS
3E HERCULE 18 ROUND
4E ODIN 18 ROUND

TU AS ENTENDU ? LE CLASSEMENT DE L'ÉPREUVE DU 1ER ÉTAGE, INCHANGÉ DEPUIS PLUS DE MILLE ANS, A ÉTÉ CHAMBOULÉ.
AH, JE SAIS ! IL PARAÎT QUE C'EST LE TYPE QUI A FINI PREMIER DU TUTORIEL.
UN MONSTRE DU MÊME GENRE QUE SON OGONG EST ENTRÉ DANS LA TOUR !
EST-CE QUE C'EST UN SANG-PUR ? D'OÙ VIENT-IL ?
DE LA TERRE, JE CROIS ? J'EN AVAIS JAMAIS ENTENDU PARLER.
IL DÉCROCHE LA PREMIÈRE PLACE PARTOUT.
IL POURRAIT DEVENIR UN RANKER D'ICI DIX ANS.

LABYRINTHE
ÉPREUVE DU 9E ÉTAGE
BAM BAM
SBAAM
VOUS AVEZ RÉUSSI L'ÉPREUVE DU LABYRINTHE DU 9E ÉTAGE. VOUS AVEZ OUVERT DE NOUVEAUX CHEMINS.

UNE RÉCOMPENSE BONUS VOUS SERA ACCORDÉE POUR CET EXPLOIT INÉDIT.
J'AI OUVERT PLUSIEURS NOUVELLES ISSUES DANS CE LABYRINTHE OÙ LE BUT DE L'ÉPREUVE EST DE TROUVER LA SORTIE.
TUTUC
LA DIFFICULTÉ POUR LES FUTURS JOUEURS RISQUE D'ÊTRE RÉDUITE ET LEURS RÉCOMPENSES PAS TOP DU COUP.
MAIS JE N'AVAIS PAS LE CHOIX SI JE VOULAIS UNE BONNE RÉCOMPENSE.
IL EST TEMPS D'ALLER LE VOIR.
ÇA FAIT UN MOIS, L'ANCIEN.
...
HÉ HÉ
HÉ HÉ
JE SUIS VENU RÉCUPÉRER CE QUE JE T'AVAIS CONFIÉ.

CHAPITRE 35

TU M'APPELLES ENCORE L'ANCIEN ?! T'ES GONFLÉ !
ATTENDS LÀ-BAS ! J'AI BIENTÔT TERMINÉ.
VSH
CLANG
CLANG
OK, D'ACCORD.
CLANG
CLANG
CLANG
WIP
...?
TU N'AS PAS TROP CHAUD ?
BLING
BLING
SI.
IL FAIT UNE CHALEUR ÉTOUFFANTE DANS LA FORGE, MAIS IL NE SEMBLE PAS EN SOUFFRIR.
QUELLE EST SON NIVEAU DE RÉSISTANCE AU FEU AU JUSTE ?

TU AS MIS DIX JOURS POUR PASSER L'ÉPREUVE DU NEUVIÈME ÉTAGE, C'EST ÇA ?
POURQUOI ÇA A PRIS AUTANT DE TEMPS ?
QU'EST-CE QUE T'AS ENCORE FAIT ?
TSHHH
MMH, JE SAIS PAS TROP.
SI TU VEUX RÉCUPÉRER TA COMMANDE, PARLE !
HÉ HÉ
UN LABYRINTHE, ÇA PEUT AVOIR PLUSIEURS SORTIES, NON ?
J'AI PRIS BEAUCOUP DE TEMPS POUR OUVRIR DE NOUVEAUX CHEMINS.
DES CHEMINS AU PLURIEL ?
DES POINTS !
ENCORE !!
IL N'EST PAS CROYABLE ! IL L'A FAIT POUR OBTENIR PLUS DE RÉCOMPENSES !
TSS
DÉCIDÉMENT, TU AS TOUJOURS UNE MANIÈRE ORIGINALE DE FAIRE LES CHOSES.
JE SUIS CURIEUX DE SAVOIR COMMENT TU VAS RÉUSSIR LA PROCHAINE ÉPREUVE !

HA HA
JE VOUS RACONTERAI TOUT LA PROCHAINE FOIS.
DRK
DRK
CETTE ARME, TU EN AS BESOIN POUR L'ÉPREUVE SUIVANTE ?
C'EST LA PREMIÈRE FOIS DE MA VIE QUE JE FABRIQUE UNE ARME COMME CELLE-CI.
AU LIEU D'AVOIR UNE EXCELLENTE CONDUCTIVITÉ MAGIQUE...
CLANG
ÉPÉE SANS NOM
ÉPÉE FORGÉE D'UN MÉLANGE DE DIVERS MATÉRIAUX. SA CONDUCTIVITÉ MAGIQUE EST DES PLUS FAIBLES, MAIS SON TRANCHANT EST EXCELLENT.
PARFAIT POUR UN USAGE DE BOUCHERIE.
ELLE A LA PIRE CONDUCTIVITÉ QUI SOIT.
MAIS MOINS ELLE CONDUIT LE MANA, PLUS IL Y RÉSISTE.
POUR CETTE RAISON, J'AI PRIVILÉGIÉ LES MINÉRAUX HABITUELLEMENT EMPLOYÉS DANS LA FABRICATION D'ARMURES.
FWIT
IL A DÛ LA FABRIQUER AVEC DES MINERAIS COMME DU PÂLE, DU BRAI, OU DE L'OBSIDIENNE.
C'EST UN VÉRITABLE DÉSASTRE EN MATIÈRE DE CONDUCTIVITÉ DE MANA...
MAIS SI C'EST CE QUE TU CHERCHAIS, ALORS C'EST PLUTÔT UNE INCROYABLE RÉUSSITE.
JE TE L'ASSURE.
WOOONG
COMPÉTENCE : DAGUE MAGIQUE ACTIVÉE

IMPOSSIBLE D'ACTIVER LA COMPÉTENCE.
UNE FORCE INCONNUE BLOQUE LE MANA.
PARFAIT, C'EST ENCORE MIEUX QUE CE QUE J'IMAGINAIS.
WOOV
C'EST EXACTEMENT CE QU'IL ME FALLAIT.
FWZZZ
EN TOUT CAS, ÇA A ÉTÉ UN DÉFI INTÉRESSANT À RELEVER.
GRIP
UTILISER DES MATÉRIAUX DE HAUTE QUALITÉ DESTINÉS AUX ARMURES POUR FAIRE UNE ARME, FALLAIT Y PENSER !
VOUS VENEZ DE PAYER LE FORGERON HÉPHAÏSTOS EN UTILISANT DES BILLETS D'ASGARD D'UNE VALEUR DE 10 000 POINTS.
QU'EST-CE QUE C'EST QUE ÇA ?
FLAP
PRENEZ-LES. FAUDRAIT PAS QUE JE M'HABITUE À RECEVOIR DES CHOSES GRATUITEMENT.

JE REVIENDRAI, L'ANCIEN.
WONG
WONG
WOONG
PORTAIL OUVERT PRÈS DE LA FORGE
WOONG
VOUS AVEZ DÉPENSÉ 10 POINTS POUR UTILISER UN PORTAIL.
HMPF
VOUS AVEZ RÉUSSI L'ÉPREUVE DU 9E ÉTAGE.
CHOISISSEZ VOTRE DESTINATION.
JE VAIS ENFIN PASSER À UN ÉTAGE À DEUX CHIFFRES.
ZIIING
EN ROUTE POUR LE 10E ÉTAGE, LE MONDE DES ARTS MARTIAUX.
ACCÈS AUTORISÉ.
DÉPLACEMENT AU 10E ÉTAGE EN COURS.

BIENVENUE DANS LE MONDE DES ARTS MARTIAUX.
WUHAN DE HUBEI
POINT DE DÉPART DU 10E ÉTAGE
UN VASTE CONTINENT ENTOURÉ PAR LA MER.
UN MONDE D'ARTS MARTIAUX FAÇONNÉ PAR LA LOI DU PLUS FORT.
CONTRAIREMENT AUX AUTRES ÉTAGES, L'ÉPREUVE DU 10E DÉMARRE DÈS L'ENTRÉE.
LE CLAN DE L'ÉPÉE DU DRAGON RECRUTE ! SI T'AS DE LA PASSION, C'EST BON POUR NOUS !
SI VOUS ÊTES UN SABREUR, REJOIGNEZ LE CLAN DU SABRE DU SUD !
LE CLAN D'ACIER VOUS PERMETTRA DE VOUS FORGER UN CORPS AUSSI ROBUSTE QUE L'ACIER.
POUR GRIMPER LA TOUR, AUCUNE TECHNIQUE D'ART MARTIAL N'EST PLUS EFFICACE QUE CELLE DE NOTRE CLAN !

DÉBUT DE L'ÉPREUVE DU 10E ÉTAGE
CHOISISSEZ UN CLAN ET INTÉGREZ-LE.
RÉUSSISSEZ L'ÉPREUVE DU CLAN SÉLECTIONNÉ.
VENEZ DANS NOTRE CLAN !
REJOIGNEZ-NOUS !
BROUHAHA
L'ÉPREUVE CONSISTE À MAÎTRISER LES ARTS MARTIAUX DU CLAN CHOISI ET À PASSER SON ÉPREUVE.
BROUHAHA
ON SE CROIRAIT DANS UN GRAND BAZAR.
CETTE ÉPREUVE DIFFÈRE TOTALEMENT DE CELLES RENCONTRÉES JUSQU'À PRÉSENT.
NOMBREUX SONT LES JOUEURS BLOQUÉS À CET ÉTAGE.
HÉ, JEUNE AVENTURIER, ES-TU NOUVEAU DANS LE MONDE DES ARTS MARTIAUX ?

À EN JUGER PAR TA TENUE, TU PARAIS AVOIR DE SOLIDES COMPÉTENCES.
SAIS-TU MANIER L'ÉPÉE ?
YEP
SI ÇA, C'EST PAS LE DESTIN ! TU ES FAIT POUR LE CLAN DE LA LANCE ET DE L'ÉPÉE !
ZIEUT
SACHE QUE NOTRE CLAN...
EXISTE DEPUIS BIEN PLUS LONGTEMPS QUE CETTE TOUR...
AUCUN DES GRANDS CLANS NE FERAIT DU RACOLAGE ICI...
ET MÊME S'ILS LE FAISAIENT, ILS NE SAUTERAIENT PAS SUR LES GENS COMME DES MORTS DE FAIM.

C'EST POURQUOI LE CLAN DE LA LANCE ET L'ÉPÉE...
TU M'ÉCOUTES ?
DÉSOLÉ, MAIS J'AI DÉJÀ UN AUTRE CLAN EN TÊTE.
SUR CE, JE TE LAISSE.
FRGN
SERAIS-TU EN TRAIN DE NOUS SNOBER ?
GRAP
CE N'ÉTAIT PAS MON BUT...
MAIS CE N'EST PAS FAUX, NON PLUS.

T'AS JUSTE EU DE LA CHANCE POUR EN ARRIVER LÀ, MAIS ÇA T'EST MONTÉ À LA TÊTE, HEIN !
CLANG
TU TE FROTTES À UN FEU QUE TU NE PEUX PAS ÉTEINDRE !
BROUHAHA
MOI... CHANCEUX... ?
DANS QUOI JE ME SUIS ENCORE FOURRÉ... ?
BROUHAHA
IL CHERCHE À IMPRESSIONNER EN ÉCRASANT UN NOUVEAU.
C'EST UNE BONNE FAÇON POUR UN PETIT CLAN D'ATTIRER L'ATTENTION.
TU N'AS PAS PEUR DES PÉNALITÉS ?
À MON AVIS, ATTAQUER UN JOUEUR FRAÎCHEMENT ARRIVÉ NE VA PAS AMÉLIORER L'IMAGE DE TON CLAN.
HMPF ! IL Y A DES CODES À RESPECTER DANS LE MONDE DES ARTS MARTIAUX.
JE NE SAURAIS TOLÉRER QU'ON HUMILIE MON CLAN !
IL EST TROP TARD POUR DEMANDER PARDON.

C'ÉTAIT PAS DANS MES PLANS.
SI TU NE VEUX PAS ME LÂCHER LA GRAPPE, JE N'AI PAS D'AUTRE CHOIX.
TAP
VIENS.
C'EST QUOI, CE REGARD ?
BRRR
TAP
TAP
PLAF
QU'EST-CE QUI SE PASSE ? C'EST PAS YANG WONIL ?
BROUHAHA
BROUHAHA
LE TARÉ DU CLAN DE LA LANCE ET DE L'ÉPÉE QUI A CAUSÉ DES PROBLÈMES RÉCEMMENT ? QU'EST-CE QU'IL FABRIQUE ?
FSH

LE MAÎTRE DE SON CLAN VEUT TOUJOURS PLUS D'ÉTRANGERS !!
BROUHAHA
IL A DÛ L'ENVOYER ICI POUR EN RECRUTER.
BRR
BROUHAHA
POURQUOI IL RESTE PLANTÉ LÀ COMME ÇA ?
TAP
IL Y AVAIT UN ÉTRANGER TOUT À L'HEURE...
ÉCARTEZ-VOUS !
PAF
PAF
PAAF
BON SANG, QUELLE HUMILIATION !
GRR
SI JE TE RETROUVE, T'ES MORT...

TAP
TADAP
10E JOUR DEPUIS L'ARRIVÉE AU 10E ÉTAGE
C'EST SACRÉMENT LOIN...
J'AI PARCOURU AU MOINS 4000 KM EN DIX JOURS.
TAP
TAP
TAP
HUFF
HUFF
TADAP
TADAP
TADAP

WOUUSH
C'EST ÇA LE SOUCI DANS LE MONDE DES ARTS MARTIAUX.
IL N'Y A PAS DE MOYEN DE TRANSPORT, ALORS ON DOIT TOUT FAIRE À PIED...
10E ÉTAGE
SUR LES MONTS TIAN DE XINJIANG
J'IMAGINE QUE CE SONT LES MONTS TIAN...
J'APPROCHE DE L'ENDROIT, JE CROIS.
JE DOIS ME DÉPÊCHER.

FRSH
FRSH
FRSH
TAP
TAP
TAP
FRSH
TAC
FRSH
FRSH
FRSH
...
FRSH
FRSH

ZIEUT
JE DIRAIS QU'ILS SONT UNE VINGTAINE.
CHACUN D'ENTRE EUX EST UN MAÎTRE DANS SON DOMAINE.
COMME JE M'Y ATTENDAIS, LES MONTS TIAN SONT DE VÉRITABLES NIDS À MONSTRES.
QUI ES-TU ?
TU N'AS PAS L'AIR PERDU.
SAIS-TU OÙ TU AS MIS LES PIEDS ?
DÉTENDEZ-VOUS.
JE NE SUIS PAS UNE MENACE.
J'AI CONSCIENCE D'ÊTRE ARRIVÉ SUR LES MONTS TIAN DE XINJIANG.
LE BERCEAU DU CLAN DU DÉMON CÉLESTE.

CHAPITRE 36

FRSH
FRSH
FRSH
...
TU N'ES PAS VENU LÀ PAR HASARD.
...
JE ME SUIS DÉJÀ RETROUVÉ COINCÉ PAR DES LOUPS...
MAIS C'ÉTAIT DE LA VERMINE À CÔTÉ D'EUX.
LE CLAN DU DÉMON CÉLESTE...
UN CLAN QUI DEPUIS LONGTEMPS S'OPPOSE À LA LIGUE MARTIALE, UNE ALLIANCE QUI RASSEMBLE DES CLANS D'ARTS MARTIAUX.
BIEN QU'IL SOIT CONFINÉ DANS LES MONTS TIAN...
IL DEMEURE À CE JOUR, LE PLUS REDOUTABLE DES CLANS D'ARTS MARTIAUX.

TAP
GWANG HAMUK
SANG-PUR DU CLAN DU DÉMON CÉLESTE PLUS DE 40 ÉTAGES FRANCHIS
D'APRÈS L'ÉNERGIE QU'IL DÉGAGE, IL NE SEMBLE PAS ÊTRE UN AMATEUR.
À QUEL ÉTAGE ES-TU ?
SI TU VEUX NOUS REJOINDRE, ANNONCE TON ÉTAGE, TON NOM...
ET TU PASSERAS UN TEST POUR PROUVER TES COMPÉ...
JE NE SUIS PAS LÀ POUR ÇA.
JE SUIS LE JOUEUR KIM YUWON...
JE SOUHAITE TENTER L'ÉPREUVE DU CLAN DU DÉMON CÉLESTE.
DÉBUT DE L'ÉPREUVE DU CLAN DU DÉMON CÉLESTE

FSHH
FSHH
TAP
TAP
TAP
TAP
LA DERNIÈRE FOIS QU'UN JOUEUR A TENTÉ DE PASSER L'ÉPREUVE REMONTE À BIEN LONGTEMPS.
EN VENANT JUSQU'ICI...
TU AS DÛ COMPRENDRE POURQUOI LES GENS ÉVITENT NOTRE ÉPREUVE.
PARCE QUE LES CHANCES DE RÉUSSITE SONT MINCES ?
NON.
CE N'EST PAS QU'IL Y A PEU DE CHANCES, C'EST TOUT SIMPLEMENT IMPOSSIBLE.
PERSONNE N'A JAMAIS RÉUSSI.
DE CE FAIT, IL A ÉTÉ FORTEMENT DÉCONSEILLÉ DE PASSER NOTRE ÉPREUVE.
CE CLAN NE RECRUTE QUE...
DES JOUEURS DE NIVEAU ÉLEVÉ.

AUSSI FORTS SOIENT-ILS, S'ILS NE RECRUTENT PAS DES NOUVEAUX À FORMER…
LEUR INFLUENCE NE FERA QUE DIMINUER.
PAR ICI.
ZIIING
WOONG
VOUS ÊTES ENTRÉ DANS UNE ZONE DE RÉALITÉ ALTÉRÉE.
WOONG
VOUS RÉSISTEZ À L'INFLUENCE DE LA ZONE DE RÉALITÉ ALTÉRÉE.
ÉCHEC DE LA RÉSISTANCE
SI VOUS VOUS ÉCARTEZ DU BON CHEMIN, VOUS SEREZ VICTIME D'HALLUCINATIONS.
WOONG

LA ROUTE SEMBLE COMPLÈTEMENT DIFFÉRENTE DE TOUT À L'HEURE.
JE DOIS CHOISIR LA BONNE VOIE PARMI CETTE MULTITUDE D'OPTIONS ?
PRENDS GARDE. UN SEUL PAS MAL PLACÉ ET TU TE PERDRAS.
IL NOUS SERA IMPOSSIBLE DE TE RETROUVER SANS L'INTERVENTION DU MAÎTRE SUPRÊME...
ALORS, FAIS ATTENTION, ET SUIS-MOI DE PRÈS.
WOUUUSH
...?
IL ÉTAIT ENCORE LÀ IL Y A UNE SECONDE !

TAP
TAP
COMPÉTENCE :
YEUX DE FEU
WOOOY
TAP
TAP
TAP

J'AI DÉJÀ PASSÉ DIX BIFURCATIONS, MAIS JE N'EN VOIS PAS LE BOUT !
OÙ S'ARRÊTE CE CHEMIN ?
TAP
TAP
TAP
TAP
...!
DEUX VOIES...

COMPÉTENCE : YEUX DE FEU
LES DEUX SONT DE VRAIS CHEMINS.
PEU IMPORTE LEQUEL L'EMPRUNTE, JE NE SORTIRAI PAS DE LA ZONE DE RÉALITÉ ALTÉRÉE.
MAIS IL Y EN A FORCÉMENT UN QUI EST UNE MEILLEURE OPTION QUE L'AUTRE.
!
FLAP
WOOOSH
JE SENS UN VENT VENIR DE CELUI DE GAUCHE.
TAP
TAP
WOOOSH

WOUUSH
WOUUSH
PLUS J'AVANCE, PLUS LE PAYSAGE AUTOUR CHANGE.
WOUSH
WOUUSH
WOUUSH
FSHH

TADAM
LA LÉGENDE VIVANTE DU MILIEU DES ARTS MARTIAUX.
UN ANCIEN HAUT RANKER QUI ÉTAIT NÉ DÉJÀ BIEN AVANT QUE LES CLANS N'ENTRENT DANS LA TOUR.
MAÎTRE SUPRÊME
CLAN DU DÉMON CÉLESTE
VOUS AVEZ RÉUSSI LA PREMIÈRE ÉPREUVE DU MAÎTRE SUPRÊME.
TE VOILÀ.

UN COURANT D'AIR TRAVERSE CETTE PIÈCE, DONT LA PORTE N'EST MÊME PAS OUVERTE.
CET ENDROIT EST PROBABLEMENT DIFFÉRENT DE CE QUE JE PERÇOIS...
EN RÉALITÉ, JE NE DOIS PAS ME TROUVER DANS UNE PETITE PIÈCE.
DIS-MOI, DEPUIS QUAND LE SAIS-TU ?
CETTE QUESTION FAIT PARTIE DE L'ÉPREUVE.
DEPUIS LE DÉBUT.
QUI A DÉJÀ VU UNE ÉPREUVE OÙ IL SUFFIT DE SUIVRE DES GENS TRANQUILLEMENT ?
JE ME DOUTAIS QUE VOUS M'OBSERVERIEZ AVANT MÊME QUE J'ENTRE DANS LA ZONE DE RÉALITÉ ALTÉRÉE.
TU AS L'AIR DE SAVOIR TRACER TA PROPRE ROUTE.
FSHH

...!
ÉPREUVE VALIDÉE.
FSHHHHH
JE NE VOIS PAS DE NOTIFICATION CONCERNANT LE RÉSULTAT DE L'ÉPREUVE.
HUH
IL A DIT QUE LA DERNIÈRE QUESTION FAISAIT PARTIE DE L'ÉPREUVE.
AI-JE AU MOINS GAGNÉ UN PEU SA SYMPATHIE ?
RAH
ESSAYER DE CONTENTER CE VIEILLARD VA ME DEMANDER PAS MAL D'EFFORTS.
WOUSH

CERTAINS CLANS DISENT QUE DES DÉMONS HABITENT AU SEIN DE CE CLAN.
BROUHAHA
CE N''ÉTAIT QU'UNE RUMEUR STUPIDE.
C'EST UN VILLAGE COMME LES AUTRES.
BROUHAHA
BROUHAHA
EH ! TOI !
COMMENT ES-TU ARRIVÉ ICI ?
SI JE LUI DIS LA VÉRITÉ, IL VA ME SAOULER.
VAUT MIEUX PAS QUE JE LUI RACONTE QUE J'AI VU LE MAÎTRE SUPRÊME.
J'AI MARCHÉ PLUS VITE QUE VOUS.
PLUS VITE ?

IL A TRAVERSÉ LA ZONE DE RÉALITÉ ALTÉRÉE TOUT SEUL ? ET EN PLUS, PLUS VITE QUE NOUS ?
ÇA NE CHANGE RIEN DE SAVOIR COMMENT JE SUIS ARRIVÉ, NON ?
JE SUIS FATIGUÉ APRÈS TOUT CE CHEMIN, ALLONS-Y.
LE CÉLÈBRE CLAN DU DÉMON CÉLESTE DOIT BIEN FOURNIR UNE CHAMBRE À CEUX QUI PASSENT LEUR ÉPREUVE, NON ?
FWIP
RAH !
CHEF, EST-CE POSSIBLE ?
TAP
C'EST LA PREMIÈRE FOIS QUE J'ENTENDS DIRE QU'UN ÉTRANGER A RÉUSSI À FRANCHIR LA ZONE DE RÉALITÉ ALTÉRÉE !
MÊME APRÈS 50 ANS DANS LE CLAN DU DÉMON CÉLESTE, JE DOIS ENCORE MÉMORISER LE CHEMIN.
MAIS QUI EST DONC CE TYPE ?

PLIC
PLOC
PLIC
PLOC
POUHA
PLOUF
PFIOU.
...

C'EST VRAIMENT PETIT.
SI L'ÉPREUVE AVAIT ÉTÉ UN PEU PLUS FACILE, ILS AURAIENT ATTIRÉ BIEN PLUS DE JOUEURS...
ET ILS AURAIENT CONNU UNE PROSPÉRITÉ BIEN PLUS GRANDE GRÂCE AUX ÉCHANGES AVEC D'AUTRES MONDES.
CE VIEIL HOMME EST BORNÉ.
GLOU
GLOU
ENFIN BON, IL DOIT AVOIR SES RAISONS.
JE NE SAIS PAS ENCORE CE QUE ME RÉSERVE CET ENDROIT, MAIS...
UNE CHOSE EST SÛRE, JE NE PARTIRAI PAS D'ICI LES MAINS VIDES.
ŒUF DE
FZZZT
L'ŒUF DE ? S'AGITE.
L'ŒUF DE ? RESSENT UNE CHALEUR RÉCONFORTANTE.
DEPUIS QUE J'AI MIS UN PIED SUR LE TERRITOIRE DU CLAN DU DÉMON CÉLESTE...
CETTE CHOSE NE FAIT QUE S'AGITER.

À SUIVRE...

Level up with the Gods

B. Ain — Ohyeon

Directeur de collection : Pascal LAFINE
Coordinatrice : Lina LIANG
Supervision éditoriale : Léna PANZANI
Assistante éditoriale : Zina DERRAZ
Traduction : Sabrina DAMOUNE
Correction : Victoria JUILLARD
Maquette & lettrage : Studio Charon
Conception graphique : Yohan JULIEN

Ce volume contient les épisodes 25 à 36.
Dépôt légal : mars 2025
ISBN : 978-2-38288-174-3

Imprimé et relié en janvier 2025
par Rotolito S.p.A, en Italie

Groupe Delcourt - KBOOKS -
8 rue Léon Jouhaux 75010 Paris

www.editions-delcourt.fr

KBOOKS